TA

LILIANG

她力量

红楼女性的生存之道

闫红

著

复旦大学出版社

图书在版编目(CIP)数据

她力量:红楼女性的生存之道/闫红著. —上海:复旦大学出版社,2020.7
ISBN 978-7-309-14953-1

Ⅰ.①她… Ⅱ.①闫… Ⅲ.①《红楼梦》人物-女性-人物形象-小说研究
Ⅳ.①I207.411

中国版本图书馆 CIP 数据核字(2020)第 047348 号

策划编辑_ 李又顺
责任编辑_ 宋文涛　刘西越
书籍设计_ 刘堪海

她力量:红楼女性的生存之道
闫　红　著

复旦大学出版社有限公司出版发行
上海市国权路 579 号　　　　　　　邮　编:200433
网　　址:fupnet@fudanpress.com　　http://www.fudanpress.com
门市零售:86-21-65102580　　　　 团体订购:86-21-65104505
外埠邮购:86-21-65642846　　　　 出版部电话:86-21-65642845

制　版:形加意图文设计　　　　　　印　刷:上海盛通时代印刷有限公司
开　本:850×1240　1/32　　　　　　印　张:6
字　数:125 千
定　价:48.00 元　　　　　　　　　2020 年 7 月第 1 版第 1 次印刷
　　　　　　　　　　　　　　　　　ISBN 978-7-309-14953-1/I·1220

如有印装质量问题,请向复旦大学出版社有限公司发行部调换。
版权所有　　侵权必究

序

关于写《红楼梦》的初衷,作者在第一回里就说得明白:"今风尘碌碌,一事无成,忽念及当日所有之女子,一一细考较去,觉其行止见识皆出于我之上。何我堂堂须眉,诚不若彼裙钗哉?实愧则有馀,悔又无益之大无可如何之日也!"

一言以蔽之,他要写下平生所见过的"行止见识皆出于我之上"的女子,这些女子让他既愧且悔。

愧不难理解,悔的是什么呢?作者也说了,"当此,则自欲将已往所赖天恩祖德,锦衣纨袴之时,饫甘餍肥之日,背父兄教育之恩,负师友规训之德,以至今日一技无成,半生潦倒之罪,编述一集,以告天下人:我之罪固不免,然闺阁中本自历历有人,万不可因我之不肖,自护己短,一并使其泯灭也。"

他悔的,是曾经的好时辰,彼时没有听父兄师友的话,导致今日一事无成,他更觉得自己有必要告诉大家,"闺阁中历历有人",不要看我这样,就以为所有人都是这样。

这话就奇了怪了,您到底怎么了?虽然我们无法确定地知道《红楼梦》的作者究竟是谁,但《红楼梦》是一部自传体小说是没错的,在书中,贾宝玉不是一直以"自由而无用"为傲的吗?讨厌别人劝他读书进取,鄙视抱持"武死战文死谏"信念的官员,对爱学习的小侄子贾兰的"晴耕雨读"不以为然……周星驰说过,人总得有梦想。贾宝玉的梦想,就是死在他爱的女孩子身边,她们的眼泪汇成大河,将他托起来,送往那鸦雀不至之地。

这样的人,也会惭恨自己的"一技无成半生潦倒"?

有人说宝玉说的是反话,要是我们把不能认同的话都当作是反话,那么满世界就都是"我不要你觉得,我只要我觉得了"。与其各自执著于"我觉得",不如对作者的处境进行还原,以常识,以同理心去推测,作者到底在想什么。

首先需要确定的,是作者写这段话时的状态。家境败落是一定的;他自顾不暇,无法救助他所爱的那些人也是一定的;而他那个积极投身于应试教育的小侄子贾兰,如今却能带给母亲凤冠霞帔。终算是"昏惨惨黄泉路近","枉与他人作笑谈",但是,且不说人生顺逆都要被人笑,只说,同样是个死,死于安逸,总比死于潦倒要好。

在这样一种情况下,作者反省过往,曾经的狂傲,变成嘴角一抹苦笑,就像中年的你我,被生活狠狠锤过之后,面对事关挚爱时那一大堆的无能为力,回想起年少轻狂时妄掷的光阴,"我偏不喜欢"的种种执拗,会不会有扇自己一耳光的冲动?

有句话叫作"生存之外,还有生活",换一种说法其实也成立:"想要生活,首先生存",但彼时的宝玉对于生存一无所知,以为生活可以这样恒久地美好下去。"如花美眷,似水流年",我不要功名显达,我只要在这花柳繁华地、温柔富贵乡里,和你年复一年地相守。谁知道无常窥伺在前方,到最后连活着都要用尽全力。

黛玉自小身体不好,后来每况愈下,她不做长命百岁的打算,只在这一刻过有爱和美的生活。她知道"侬今葬花人笑痴,他年葬侬知是谁,一朝春尽红颜老,花落人亡两不知",便更要这一刻绽放得绚烂。这是她应对无常的方式,她在无常中追求属于自己的永恒。

但黛玉的人生不可复制,你没有她那样的才情,却有比她更好的身体,黛玉父母双亡,不需要对谁负责,你我却不能眼看亲人们颠扑于艰难困窘中,依然执迷不悔。若是我们活在《红楼梦》的世界里,没有几人做得了黛玉,只能是宝钗。

即便早已看透人世,明白人在世间是"赤条条来去无牵挂",但有老母,有不成器的哥哥,宝钗无法看透地活着。她知道凛冬将至，个人无法抵抗命运的车轮，她必须有个对策，便是在相聚时练习别离，于是一边主动地消费降级，一边仍然保存一点进取之心，开辟一点小小的可能。如果说早年看《红楼梦》容易将自己代入林黛玉，在眼下，这风急雨骤的人生的秋天里，我在宝钗身上更能看到自己。

有些时候，我们可能还是袭人而不是晴雯，虽然袭人不天真、不浪漫，不大受读者待见，但我们也要承认，去伺候宝玉之前，她就是贾母屋里每月拿一两银子月钱的八个大丫鬟之一。宝玉原本没资格使这个档次的丫鬟，是贾母偏心他，下派到他那里的，别人纵然心里不服，也说不出来。

也就是说，袭人在贾母身边，就已经有了一定的职场地位，这个地位绝不是靠会说话、有眼色换来的，贾母说袭人不言不语，是没嘴的葫芦，贾母喜欢的从来都是聪明伶俐的，像黛玉、王熙凤、晴雯等。

所以袭人的获得提拔，一定是因为她工作出色，她工作的风格，书里也说了，伺候谁，眼里心里就只有谁，有人觉得这是袭人薄情，但是，在职场上，只对自己的工作负责，专注地完成，是正确的操作。

晴雯一切都和袭人正相反，她比袭人聪明、漂亮、能干，却犯了一个职场常见的错误，就是把公司当家，把上司当成朋友，以至于工作起来只看老娘高不高兴，能够病中拼尽全力为宝玉补裘，深更半夜陪宝玉赶作业,非常规的工作总能做到完美,但平时那些零碎活计,她却懒得"横针不拈,竖线不动",大概不屑于去干。

但问题是,当丫鬟不是做艺术家,不是讲个性讲喜好的。做了太久职场宠儿,晴雯产生了某种错位感,也太有安全感。最终,她被出局,那些曾经宠溺过她的上司,也都现了原形。

人到中年,在《红楼梦》里,读到的是各种风险提示,以及各种应对之道,比如天性要强的李纨如何以弱胜强,再比如湘云,怎样面对人世的风云变幻,即便是最为风花雪月的林妹妹,我也开始一点点地看到她的成长,和她其实本来基础就不差的情商。如今一说情商,很容易让人想起机场书店里的成功学,但是在林妹妹身上,你会发现,情商不但是生存之道,还是对这世界的婉转温柔。

那些并非主角的人,比如平儿、刘姥姥、邢岫烟等,她们与人世苦楚对峙得更加直接。平儿的行为与命运,会让人发现,所谓智慧,最终要回到善良本身,而刘姥姥则告诉我们,接受命运才能够扛住命运。我也欣赏那个看上去平平无奇的邢岫烟,不管面对怎样的喧嚣与尴尬,她都能稳住神,不慌张,笑看风云,安静地等待属于自己的日子。

《红楼梦》的神奇之处或许就在这里,它不仅是要跟你讲一些故事,还可以当成一面镜子,在镜中,你看到的不只是幽深的古代故事,更有你汹涌澎湃的现实。读《红楼梦》,能够让我们360度地看到一个家族的衰落,在感受一场场命运变化的同时,养成多角度看自己的思维,对于自身命运,也就能够入乎其中出乎其外。

目　录

第一章　还其本性　处世之态

黛玉：才情之外，她情商其实很高 / 3

宝钗：那个在相聚时，练习分离的人 / 14

王熙凤：小聪明与大智慧之间，差的是一点大局观 / 21

探春和王夫人：从努力靠近，到分庭抗礼 / 31

第二章　身在危局　生存之道

李纨：身在边缘，如何翻盘？ / 47

晴雯：职场宠儿的错觉，忘记了上司的本质 / 56

袭人："业内佼佼者"的职场感 / 66

平儿：所谓智慧，最终要回到善良本身 / 75

第三章　漩涡之中　安放生活

湘云：面对苦难，战术上重视，战略上轻视 / 85

探春：自食其力，做事的人很美 / 94

香菱：她的命运，就是湘云、宝钗们人生的预演 / 101

刘姥姥：接受命运，才能对抗命运 / 109

第四章　大观红楼　中有玄机

宝钗和黛玉的友谊可以天长地久吗？ / 121

心狠手辣的王熙凤为什么还有人喜欢？ / 138

这对恩爱夫妻为何最终恩断义绝？ / 147

赵姨娘为什么总是气急败坏？ / 155

被权力吞噬的大户人家，选择疯还是做"正常人"？ / 160

宝玉听了父兄师友的话，就能够与这些女子比肩了吗？ / 169

第一章 还其本性 处世之态

黛玉虽然爱闹小脾气,但给她个台阶她就会下来的,不给的话,她也会设法找个台阶下。她不会觉得自己永远正确,更不会朝着错误的道路一直奔到黑。

对于她来说,真实比面子更重要。她的情商,让她有能力,穿越小的自我,认识事情的实质。

黛玉:
才情之外,她情商其实很高

(一)

眼下情商成了一个高频词,机场和高铁的书店里随处可见,各种微课也少不得以"情商"二字招徕听众。

但凡一样东西炙手可热,攀附者有之,抨击者也必有之。前段时间我就看到一篇公号文,说情商高不如能力强,情商高的人太圆滑,喜欢打圆场,反倒阻碍工作推进,影响工作效率……

无论哪种说法，是不是对情商都存在误解？情商叫做情绪智力，是一种自我察觉和管理的能力，哈佛大学心理学博士丹尼尔·戈尔曼认为，情商主要包括五个方面内容：(1)了解自我；(2)自我管理；(3)自我激励；(4)识别他人的情绪；(5)处理人际关系。

这五点让我不由地想起一个人，《红楼梦》里的林黛玉。在才情之外，我终于可以再给她贴个标签了：情商高。

向来公认宝钗才是大观园里高情商的那个，黛玉则是她的反面，以小心眼小性子著称。但《红楼梦》里每一个人，都是在不断变化中的，仔细看八十回《红楼梦》，能感觉到黛玉的不断成长。在她身上，情商所包含的五个方面体现得不能更充分了。

(二)

黛玉刚出场时，倒像是情商很高的样子，在邢夫人、王夫人面前的表现都很得体。邢夫人要留她吃饭，她礼貌地笑道："舅母爱惜赐饭，原不应辞，只是还要过去拜见二舅舅，恐领了赐迟去不恭，异日再领，未为不可。"到了王夫人房间，王夫人让她朝上坐，她估摸那是贾政的位置，再三推辞，王夫人又再三携她上炕,她也就很顺从地坐下了。

看上去一点问题都没有,但着实透着紧张感。晚上黛玉就在住处哭了,名义上是因为宝玉砸玉,实际上,也是这一路神经高度紧绷的结果。当年我到上海读书的第一晚,结束了跟新室友的寒暄,忽然就对着黑洞洞的窗外哭了,由此懂了黛玉的心。

这种"客气"不能算是情商高,黛玉并没有处理好自己的情绪,一直淤积在那里,到了她绷不住或者说觉得不需要绷的时候,就有可能出现雪崩式的坍塌。

黛玉再次正式出场,是周瑞家的奉薛姨妈之命给她送宫花时。宝玉先把宫花拿到手里欣赏,黛玉就他手里的看了一看,问周瑞家的这宫花是单送她一人的,还是大家都有。

这话问得很没意思,你只管喜不喜欢就行了,管别人有没有呢。而且,以黛玉之聪明,不可能不知道初来乍到的薛姨妈,不大会单送她两枝宫花。她心里明明有了答案,还要问周瑞家的,明摆着自找不痛快。

周瑞家的说别人都有了,这两枝是姑娘的了。黛玉几乎是正中下怀地说:"我就知道,别人不挑剩下的也不给我。"

对对对,你都知道,你既然知道为什么还要问呢?不喜欢丢到一边就是,何必自找不痛快的同时再让人家不痛快呢。

再说了,任何事情,总有人要做最后一个,怎么就不可以是你?有人考证,从梨香院到黛玉当时住的地方,是最远的。我不知道这个考证是否牢靠,但就算周瑞家的有点势利,也犯不着为了坑黛玉,多花费许多力气。

这时期的黛玉,似乎罹患了"被迫害妄想症":总有刁民想害朕。与此同时,她还特别争气要强,元春省亲,她存心大展其才,要在夜宴上压倒众人。

这种种行为,其实都是黛玉深度自卑的表现,她特别在乎别人的眼光,在乎自己在别人眼中的分量。因此特别想要证明自己,以至于某些时刻"用力过猛"。

黛玉的自卑感,源于她寄人篱下的处境,也跟她心中生长出了爱情有关。不确定的爱情会动摇一个人的自我认知,激发出不必要的争竞之心,她想在这世间有更大的"赢面"。

(三)

那段时间,是黛玉坏情绪的集中爆发期。她特别容易被得罪,一会儿不忿宝钗,一会儿跟湘云闹别扭,宝玉被夹在其中，很尴尬。但就是这样的时刻，黛玉的情商也没完全掉线。

比如"探宝钗黛玉半含酸"那一段，宝玉和宝钗的亲昵让黛玉很不满，但她的做法不是生闷气或干脆发飙——这是很多女孩子的常规选择。相反，她要把自己的不满之处传达清楚，且她的话看上去还是在开玩笑，不会闹到大家都不高兴。最神来一笔的是，宝玉要离开时，丫鬟给他戴斗笠，手脚粗笨了些，被宝玉呵斥，黛玉站在炕沿上，说："啰嗦什么，过来，我瞧瞧罢。"

> 宝玉忙就近前来。黛玉用手整理，轻轻笼住束发冠，将笠沿披在抹额之上，将那一颗核桃大的绛绒簪缨扶起，颤巍巍露于笠外。整理已毕，端详了端详，说道："好了，披上斗篷罢。"

这是不由自主的关心，无形中也宣示了"主权"，你能想象宝钗对宝玉这么做吗？不能，这个差别，就是黛玉和宝钗跟宝玉亲密度的差别。若宝钗对宝玉有点意思，但凡不是个傻子，也可以知难而退了。

还有黛玉跟湘云怄气那回，两人也算闹得天翻地覆。只因湘云说出小戏子像黛玉的话，本来就因为贾母大张旗鼓为宝钗过生日、宝玉也赞宝钗无书不知而一肚子不高兴的黛玉，这下子更不高兴了。宝玉赶忙给湘云使个眼色，湘云也不是不敏感的人，当即很火大，认为自己看了别人的脸色。

　　宝玉跟湘云解释:"好妹妹,你错怪了我。林妹妹是个多心的人。别人分明知道,不肯说出来,也皆因怕她恼。谁知你不防头就说了出来,她岂不恼你。我是怕你得罪了她,所以才使眼色。你这会子恼我,不但辜负了我,而且反倒委屈了我。若是别人,哪怕她得罪十个人,与我何干呢?"

　　这段话啥意思,是说,我在意的不是她,是你,若是别人得罪她,我是不会管的。啧啧,这话说的,真渣男啊。不过,这也是自传体小说的妙处,有太多男作者想把自己塑造成金光闪闪的高大全形象,唯有曹公时时不忘自黑自嘲,以自己皮袍下的小,呈现出最有质感的人性。

　　偏偏这话被黛玉听到了,自然要闹得不可开交。我本以为他们三人的关系要花好一段时间才能修复,哪曾想黛玉见宝玉果断离去,便以寻找袭人为由跑来查看动静。黛玉见宝玉写了一首很丧的偈子,便带回房去,与湘云同看。这说明什么？说明黛玉和湘云已经和好了，怎样和好的，作者没说，但就湘云那直脾气，黛玉若没有些和缓的表现，湘云也不大可能就这么收场。

黛玉虽敏感急躁，却是通情达理的。葬花的前一晚，她去怡红院，晴雯不想起身给她开门，还说是宝玉叮嘱了不要放人进来，黛玉那个伤心啊！但第二天宝玉一解释，她也马上就想到："是了，想必是你的丫头们懒待动，丧声歪气的也是有的。"

宝玉说要问明白是谁，教训她一顿。黛玉说，是该教训，否则得罪了宝姑娘、贝姑娘的，事情岂不大了？说完她自己先笑了，并没有不依不饶地追究下去。

黛玉虽然爱闹小脾气，但给她个台阶她就会下来的，不给的话，她也会设法找个台阶下。她并不是那种一根筋的人，就算不高兴，她心里也清楚自己是怎么回事，别人是怎么回事，她不会觉得自己永远正确，更不会朝着错误的道路一直奔到黑。

在"金兰契互剖金兰语"那一回，她对宝钗说："往日竟是我错了，实在误到如今。细细算来，我母亲去世得早，又无姊妹兄弟，我长到了今年十五岁，竟没一个人像你前日的话教导我。怨不得云丫头说你好，我往日见她赞你，我还不受用，昨儿我亲自经过，才知道了。比如若是你说了那个，我再不轻易放过你的；你竟不介意，反劝我那些话，可知我竟自误了。"

这话不是每个人都能说出来的。认错太难，承认嫉妒更加伤自尊，黛玉能够这样跟宝钗道歉，足以说明，对于她来说，真实比面子更重要。她的情商，让她有能力，穿越小的自我，认识事情的实质。

对他人和自身都有所了解，在管理自我和处理人际关系上就不会太困难。黛玉和妙玉的交往也体现出这一点。

很多人都不喜欢妙玉，我也是。除了她的文青范看上去很不真实外，还因为她有攻击性。当着宝玉和宝钗的面，黛玉不过问了一句，这茶是不是旧年的雨水泡的，妙玉就说，你这么个人，竟是个大俗人，连个水也尝不出来。

每次看到这里，暴脾气的我都想跳出来，问妙玉，俗与不俗，难道由你定义？能喝出雨水和雪水的区别就叫不俗？再说了，是不是真喝得出来还不一定呢，您这不是又当运动员又当裁判员吗？！

这种义愤，一方面出于我对林妹妹的真爱，另一方面，作为一个没有攻击性的老实人，被人攻击时总是无法第一时间反应过来，类似的亏不知道吃过多少，过后越想越生气，若真有时间机器返回过去，我倒不着急买房，要先把吃过的亏找补回来。

但林妹妹并没有着急，只因"知她（妙玉）天性怪癖，不好多话，亦不好多坐，吃完茶，便约着宝钗走了出来"。

这情商太高了，她知道妙玉是什么样的一个人，也知道自己是什么人，妙玉的攻击到不了她身上，她走开就是，用不着愤愤然。

可作对比的是李纨。李纨说"我不喜欢妙玉的为人"，可能她也曾感觉到妙玉的锋芒，却比黛玉更朝心里去。中秋夜，黛玉和湘云联诗时又遇到妙玉，妙玉请她们去喝茶，黛玉依旧欣然前往，与妙玉相谈甚欢，对妙玉的才华赞不绝口。这种心无芥蒂，说明她将自己的情绪处理得很干净，这才是真正的高情商。而那种类似于假脸姐妹团的互夸，只是"伪高情商"而已。

（四）

黛玉在荣国府，人际关系是不坏的。刁钻的晴雯，黛玉也能"待她甚厚"，这里面，可能有一种本能的怜惜。黛玉和袭人关系也还行，前面提到，黛玉不放心宝玉，以看望袭人的名义到怡红院来，若两人关系平平，这理由就太牵强。

宝玉上学时，也叮嘱袭人闷了就去找黛玉顽笑，显然黛玉和袭人不会话不投机。而袭人为母亲奔丧，暂离怡红院一段时间的事，黛玉也记挂着。

当然，袭人对黛玉也不错。虽然她在湘云面前抱怨过黛玉的小脾气，这主要是因为袭人见识不够，很难说她有多大恶意。袭人劝王夫人变个法子把宝玉弄出大观园，很难说是针对黛玉的，她是真的怕宝玉和这些姐姐妹妹弄出点什么名堂来，那跟宝玉收个丫鬟不是一个重量级的事。

至于"自我激励"方面，要看怎样理解这个词。并不是成天"打鸡血"就是自我激励，像黛玉这样追求"质本洁来还洁去"，时常反省，时常学习，也是自我激励的一种表现。

八十回《红楼梦》里，眼见黛玉越来越柔软，也越来越善解人意，她从动不动要跟人呛声，到对他人的好全能领会，对他人的不易，也能体谅，这进步肉眼可见。

相形之下，宝钗性格中更突出的是理性，而不是情商。情绪对她来说是多余之物，是需要消灭的，她更想把世界纳入自己的体系里，对别人怎么想，并不感兴趣。所以她虽然高明，宝玉却一度对她很排斥，只和黛玉是知己。黛玉是有情绪也有情思的，她有勃发、有对抗、也有处理，因此汪洋恣肆异彩纷呈，也只有在她这里才见真正的情商。

不能说谁更好，只能说，寻常人如我等，无法彻底地存天理灭人欲，心性上还是跟黛玉更加靠近。这就像读《论语》，看孔子夸颜回："贤哉，回也！一箪食，一瓢饮，在陋巷，人不堪其忧，回也不改其乐。贤哉，回也！"这两个"贤哉"，我听到的是五个字："我就做不到。"

孔子"食不厌精，脍不厌细"，对食物的色香味都很讲究，还爱喝酒，因此他心中有欲望与天理之间的纠结。但正是这样的纠结，让他显得真实亲切，让同样纠结的我们，也可以跟随着他学习平衡之道。

对黛玉也是如此，跟她学习情商，比跟宝钗学更靠谱。宝钗的情商如羚羊挂角无迹可寻，在宝钗身上可学的是具体操作，而黛玉的处世之道里，有思维的痕迹，让人可以追蹑吸收。

宝钗从来都是一个特别有抽离感的人。可以在弦繁管急之际离席，气氛再高涨也不会让她改了主意。归根结底，是她接受无常，聚散皆是常态，她能够切换自如，而不会在中间生出太多情绪。

在无尽翻覆中，她更将天上地下都看了一个遍，这一切最终铸成她心中铁一般的"无常"二字，而与"无常"相对的一切，在她看来，都尽可切割。

宝钗：
那个在相聚时，练习分离的人

小时候看《红楼梦》里说宝玉喜聚不喜散，而黛玉则说："人有聚就有散，聚时喜欢，到散时岂不清冷？既清冷则生感伤，所以倒是不聚的好。比如那花儿开的时候儿叫人爱，到谢的时候儿便增了许多惆怅，所以倒是不开的好。"

黛玉其实比宝玉更喜聚，喜欢到恐惧，喜欢到知道自己承担不了别离，所以宁可不将聚会开启。这曲曲折折的思路让我喜欢，自以为也是这样的人。但同样，我知道，黛玉并不能真的做到，否则，她就不会对宝玉有那样多的依恋、牵挂与不安了。

真正喜散不喜聚的，似乎只有一个宝姐姐。王夫人抄检大观园之后，她麻利地搬了出去，不但宝玉感觉不适，"看着那院中的香藤异蔓，仍是翠翠青青，忽比昨日也改做了凄凉一般"，就是王夫人也觉得措手不及，劝她不要多心。

我等读者，看了却不会诧异，宝钗从来都是一个特别有抽离感的人。可以在弦繁管急之际离席，气氛再高涨也不会让她改了主意。归根结底，是她接受无常，以为聚散皆是常态，她能够切换自如，而不会在中间生出太多情绪。

这种人生态度，体现于宝钗生活的方方面面。她与熙凤不同，王熙凤衣着奢华，一出场总是满头珠翠，彩绣辉煌，又喜欢逞能，爱听他人奉承，总想占领一切制高点。她这样其实很辛苦，因为与这做派配套的，是她的一种痴心妄想，希望这富贵常葆，而她总处于高光时刻。

宝钗则一叶知秋地看出所谓富贵，皆是幻象，她对王夫人说："姨娘深知我家的，难道我家当日也是这样零落不成"，她欣赏戏中鲁智深唱的那支《寄生草》："漫揾英雄泪，相离处士家。谢慈悲剃度在莲台下。没缘法转眼分离乍。赤条条来去无牵挂。哪里讨烟蓑雨笠卷单行？一任俺芒鞋破钵随缘化！"

　　书中只说那一句"赤条条来去无牵挂"让宝玉醍醐灌顶，没有言明宝钗以为这唱词"极妙"的缘故，但我们不难推想，宝玉感悟到的那一点出离心，宝钗也许已暗自琢磨过无数回。

　　在一群青春正好的少男少女之间，宝钗尤为不同，她仿佛已提前饱经沧桑，可为什么她会这样？也许是际遇使然，她自小丧父，母亲薛姨妈慈祥、唠叨、琐碎，闲来喜欢做点鹅掌、鸭信之类的小食，小丫鬟都能放胆在她跟前撒个娇儿。但这样的人，往往没什么主意，瞧她后来被刁蛮的儿媳妇夏金桂拿得死死的，实在不可以依靠。

　　再有个薛蟠那样的哥哥，宝钗自然就比别人要考虑得多，加上她聪明过人，见微知著，对于家族走向看得清楚，这样的年纪有这样的彻悟并不奇怪。

　　但是，我有个怀疑，宝钗不过是久病成良医。

她曾对黛玉说："你当我是谁，我也是个淘气的。从小七八岁上也够个人缠的。"然后"供认"自己也曾看过"小黄书"的历史污点。我以前看这话，总认为宝钗是存心跟黛玉卖个破绽，消解掉她的敌意，如今却觉得，为什么这个话，就不能是实话呢？宝钗极有可能是真的喜欢过《西厢记》《琵琶记》这些"淫词艳曲"的，只是被大人"打的打，骂的骂，烧的烧，才丢开了"。

这样的体验，许多人都有过，少年时候喜欢的"课外书"，被大人当成了洪水猛兽。只是，大多数人回想起来，不认为是很愉快的体验，宝钗却像真的被大人洗了脑，也觉得看杂书，会"移了性情，就不可救了"。

是宝钗头脑简单吗？当然不是。这世上有人偏感性，有人偏理性，有人感性与理性都特别发达，难免左右互搏，魔高一尺道高一丈地斗个没完。最后能够胜出的那一方，往往抵达孤绝之境，在我看来，宝钗就是这样一种人。

她的感性让她燃烧，她的理性却让她知道其间凶险。宝姐姐平静的表面下，是否也有自己的一种内耗？她的热望越多，越知道希望易成空；欲念越多，越知道欲念不可求。也因此她知道看这些书自然是有害无益，在无尽翻覆中，她更将天上地下都看了一个遍，这一切最终铸成她心中铁一般的"无常"二字，而与"无常"相对的一切，在她看来，都尽可切割。

所以她听说尤三姐自尽、柳湘莲失踪的事也不奇怪,说"俗语说得好'天有不测风云,人有旦夕祸福',这也是他们前生命定。前日妈妈为他救哥哥,商量着要替他料理,如今已经死的死了,走的走了,依我说,也只好由着他罢了……"

这话乍一听很绝情,宝钗对于哥哥救命恩人的生死竟然看得这样稀松平常,然而她的话归纳一下,不过是我们常常挂在嘴边的六个字"尽人事听天命"。为何到这件事上,就觉得宝钗非得做些唏嘘感叹,来个其实并没有什么益处的仪式感呢?

《世说新语》里,阮籍的母亲去世后,他吃肉饮酒如常,直到诀别之时方才吐血痛哭,我可真替他捏一把汗。要是他身体太好没有吐血呢?这不孝的名头就坐实了。张爱玲曾谈到戏台上的中国人,时时刻刻要向别人解释。因为会有太多人,把你的一言一行放大了看,按照自己的思路进行道德判断。

宝钗说金钏若是负气跳井,"纵有这样大气,也不过是个糊涂人,也不为可惜"的话,最为人所诟病。这个话确实有点过分,尤其是"也不为可惜"五个字,看得让人心冷。然而,若起起伏伏本是人间常态,少不得要咬牙扛住,失个业丢个脸就去跳井,金钏也确实是糊涂,宝钗自然认为不可惜,为什么不能容许她这样想?况且即便她此话稍稍缓解了王夫人的内疚,对金钏及其家人也未有任何实质损害。

如果连这个都不能忍，那么黛玉在宝玉念《芙蓉女儿诔》时，也未见有丝毫戚色，还跟宝玉有说有笑地推敲词句，硬是把话题从晴雯扯到紫鹃身上，岂不更是无情？我倒不是在这里怪责黛玉，就像前面所言，同情有各种形式，一个人不必总要跟人解释自己的悲伤，我只是想说，黛玉的很多举止言谈，若是出自宝钗，不知道会被阴谋论者分析出多少黑料。

网名为"水溶"的红友有个观点我很赞同，我们看红楼人物，只当故人去看就好了，眼光里就能多点常情，少点主观好恶。

在我看来，八十回里的宝钗，一直兢兢业业地在练习告别：告别富贵，告别热情，告别痴念。就像吃冷香丸戒热毒一般，她要将自己打造成一个无欲无待、一个不容易被变化打倒的人。

她是黛玉、宝玉的反面，黛玉、宝玉同样知道终有一别，但他们不想提前演练，他们拒绝、对抗，愿为之悲伤哭泣，也愿为之狠狠地燃烧一场。比如黛玉葬花，宝玉为她恸倒在山坡上，又比如宝玉送黛玉几张旧手帕，黛玉勇敢地在手帕上写下诗句，然后揽镜自照，"只见腮上通红，自羡压倒桃花……"

很难说哪一种更好，黛玉香消玉殒，宝玉余生潦倒，皆是求仁得仁。而宝钗活得更加平静和安全，也是她的一种选择，只是，对于曾经热情过的人，如此活下去，怎么着也是有些遗憾吧。

毕竟，人生虽无常，但人生的有意思之处，不正在于，有那么一些时刻，我们感觉到接近于永恒、永生的喜悦，就像张爱玲说的，"漫山遍野都是今天"。

时刻记得"无常"，何尝不是一种执念，所以连薛姨妈都说宝钗"怪着呢"，那么认真地去藏愚守拙、和光同尘，反而显得突兀不自然。

还有一种选择如湘云，她不像宝钗那么冷，也不像宝玉、黛玉那么热，她更潇洒一点，类似于李白所言的那种，"醒时同交欢，醉后各分散。永结无情游，相期邈云汉"。她不要在此刻想着将来，也不要在将来放不下此刻，她高高兴兴地活在当下，行到水穷处，坐看云起时，她这样，才是真正的接受了无常。

虽然底下人在上面说不了什么话，但是"仗义每多屠狗辈"，某些时刻，就是来自底层的那点温暖能够救人。同样，给人致命一击的，也是来自底层的恶意。

她身陷危局而不自知，她的小聪明其实背后是更大的蒙昧，蒙昧终会将人引向万劫不复。

王熙凤：
小聪明与大智慧之间，差的是一点大局观

一直有种说法，王熙凤若是活在当代，一定会是非常出色的企业家。王熙凤的确有着卓越的管理才能，在《红楼梦》中屡次大放光彩，但王熙凤在勇往直前的同时，也有一个致命缺陷，那就是她缺乏大局观。这从一开始就注定了她的失败。如果她活在现代社会，她的才干能够得到更好地发挥，但她依然有可能重蹈以前的失败。

王熙凤是一个天生拿着一副好牌的人。

王熙凤从小就是父亲的掌上明珠。难得的是,她的家人并没有那种"女孩就得如何如何"的刻板观念,她被当成男孩养,从小就跟男孩子一起玩。这对王熙凤来说是一个很好的锻炼,多年后,贾珍还记得,"从小儿大妹妹顽笑着就有杀伐决断"。

这种成长历程,让她性格开朗,处事果断,也不甘人后。在低调内敛的千金小姐队伍里,她是一个难得的闪亮人物。

这就投了贾母的缘。我们看贾母喜欢的几个人,黛玉、晴雯、鸳鸯,都是很有个性的姑娘。王熙凤的才能也得到了贾母的重视,年纪轻轻,就在婆家当家管事,这个开头,可以说是很漂亮了。

当然,这也跟王熙凤出自四大家族之一的王家有关。她的姑姑王夫人已经在贾家站稳脚跟,她和丈夫贾琏的感情也不错。旁观者冷子兴说,因了她的聪明能干,贾琏退出一箭之地,"一从二令三人木"的判词,也说明了贾琏最初对她的言听计从。

对于王熙凤来说,这一切都是最好的安排。她看不出命运在给她最好的配置的同时,也留了个很严重的Bug。王熙凤是个文盲,她不识字。

您可能要说,不识字没关系啊,当时很多女人都不识字。

王熙凤虽然不识字，但是她天分高。没错，王熙凤天分不错，但是，越是天分高的人，越需要识字，因为天分低的人在底层混，他们凭着一点常识和生活经验，就足够生活了，就算吃点亏，也不会很大。

天分高的人则不一样。他们很容易混到高处去，到了那个层次，单靠个人的智慧是不够的，必须参考借鉴前人的经验。如果一味地仰仗自身天分，极有可能沦陷于自负里。项羽就是个很好的例子，他天资过人、锐不可当，但不爱学习，拒绝学习，司马迁对他的评价是"奋其私智不师古"，这注定了他抵达高位之后，会特别惨地摔下来。

王熙凤也是如此。她一步步走来，完全是靠老天给的东西混，她没想过怎样让这些东西增值，不知道这一片大好的形势里藏着巨大的风险，不知道她所依靠的，是一座冰山。

王熙凤生活里有哪些看不见的危机呢？

我们来看看荣国府的政治生态，会发现它是高度集权的。除了像宝玉婚事这种会对王夫人的生活产生重大影响的事，一般情况下，都是贾母说了算。贾母定了调子，没有谁敢反驳。

在这种高度集权的小社会，只要讨了那个最有权的人欢心，就搞定了所有人。王熙凤无疑做到了，所以贾母让她帮着管家，并且管的不是她公婆的家，是贾琏的叔叔——二老

爷贾政的家。

王熙凤的婆婆邢夫人说她是"雀儿拣着旺处飞,黑母鸡一窝儿,自家的事不管,倒替人家去瞎张罗"。

这几句话可以说是很酸了,但也说中了要害。贾母让王熙凤帮着王夫人管家,是因为贾政和王夫人他们家是个"旺处"。

贾母有两个儿子,贾赦和贾政。她跟贾政住在正房,贾赦却住在旁边的一个院落中,要坐骡车过去。贾母不但自己住在贾政这边,还把迎春、惜春带过来,这两个姑娘名义上跟贾母生活,其实是由王夫人抚养,迎春自己说"过婶子这边过了几年心净日子",也可见贾母对王夫人的信任。

贾母对贾政这边的倾斜,是有目共睹的。这里不探讨原因,只说贾母让王熙凤帮姑姑王夫人管家,管的是个对于王熙凤来说资源优势很集中的家——不用看婆婆的脸色、受

婆婆的辖制。可见贾母对王熙凤真是厚爱至极。

但问题是,王熙凤并不能长久地留在贾政这边,如平儿所言:"纵然在这屋里操上一百分的心,终究咱们是那边屋里去的。"那边屋里,就是长房贾赦那边,至于熙凤什么时候要回去,小厮兴儿说出了答案:"若不是老太太在头里,早就叫过她去了。"也就是说,老太太归西之日,就是王熙凤回去之时。纵然她现在威风八面,一旦回去,就得在邢夫人的管治下生活,那日子一定不会好过。

邢夫人这个人,被曹公称之为"尴尬人",她在书中的处境经常是不尴不尬的。这跟她的来路有关。

荣国府结亲很讲究门第,贾母、王夫人、李纨皆出身名门,唯有这位邢夫人家境一般,她弟弟后来还带了一家子人来投奔她。她只是个填房,虽然名义上大家都喊她"大太太",心里并不拿她真的当回事。

　　邢夫人虽然不像赵姨娘那么粗鄙，但郁郁不平之气也是有的。她的儿媳妇，高贵倨傲的王熙凤，就成了她天然的敌人。现在，王熙凤被老太太协调到王夫人那边去，她没有办法，等到将来王熙凤回到这边来，那就得让王熙凤知道，天下是谁家之天下了。

　　所以，王熙凤的威风是暂时的，是很容易坍塌的。

　　很奇怪的是，这一点，人人都看得出来，偏偏王熙凤看不出来。她从头到尾就没给自己留过后路，完全看不到全局。

　　第四十六回，贾赦想纳鸳鸯为妾，邢夫人忙不迭地帮丈夫张罗上了，张罗的第一步是来找王熙凤商量。

王熙凤一听邢夫人这主意，赶忙说："依我说，竟别碰这个钉子去。老太太离了鸳鸯，饭也吃不下去，那里就舍得了？"

这个拒绝已经很生硬，接下来王熙凤说得更不好听："老太太常说，'老爷如今上了年纪，作什么左一个小老婆右一个小老婆放在屋里，没的耽误了人家。放着身子不保养，官儿也不好生作去，成日家和小老婆喝酒。'太太听这话，很喜欢老爷呢？"

贾母这番话是真的，贾赦不着调也是真的，但从王熙凤嘴里说出来，就透着哪点不对。儿媳妇在当时是没有资格批评公公的，借别人的嘴批评也是批评，何况，接下来她开始直接批评邢夫人了：

> 老爷如今上了年纪，行事不妥，太太该劝才是。比不得年轻，做这些事无碍，如今兄弟、侄儿、儿子、孙子一大群，还这么闹起来，怎么见人呢？

"怎么见人"四个字，措辞可谓严厉，也批评邢夫人没有劝贾赦。王熙凤每一句都在道理的"理"上，却不在"礼节"的"礼"上。以王熙凤的情商，她完全可以讲得更加婉转一点，是忠言逆耳吗？以我有限的人生经验来看，许多时候，把话说得直接，不过是没把对方放在眼里。

当然，邢夫人秉性愚犟，即使王熙凤小心翼翼，也未必能够讨好她。王熙凤面对邢夫人如同面对一个无论如何都很难讨好的上司，该做好自身的防护工作。

首先，第一层防护，也是最核心的防护，是搞好和丈夫贾琏的关系。

贾琏这个人虽然花心好色，又怂，还是比较体恤弱者的：贾雨村帮他爹抢石呆子的扇子，又把石呆子弄进监狱里，贾琏尚且有勇气在他的无良老爹面前说句有人味的话；尤二姐被王熙凤害死之后，贾琏发誓要为她报仇，最后应该也是做到了。贾琏是良心被狗吃了一半还剩一半的那类人，如若当初王熙凤经营得好的话，剩下的一半，即便不能保护她，也能够温暖她。

王熙凤初嫁之时，与贾琏关系不错。贾琏护送黛玉回扬州那会儿，王熙凤心中始终记挂，对贾琏的生活，无微不至的关心。应该说，她是爱贾琏的，但是她更放不下自己的控制欲，生活中她处处要占贾琏上风，让远房亲戚都知道贾琏说的不算，她王熙凤说的才算。

王熙凤过生日贾琏伺机偷腥，当然是贾琏的大错，但王熙凤完全可以有更好的处理方式，可任性如她是顾不上了，偏要不管不顾地要往大里闹，往让贾琏丢脸里闹。

最终，王熙凤将贾琏完全掌控在自己手中，贾琏没有权力，同时永远对尤二姐以及鲍二家的心怀内疚，他很衰，也很服帖，这样一个人你就别指望他会为王熙凤做什么了。就《红楼梦》里的现实而言，这种服帖，也许比起初的不羁，更有可能让王熙凤送命。

再有，如果王熙凤能早先打好群众基础，也算是对未来风险的一种防范。

虽然底下人在上面说不了什么话，但是"仗义每多屠狗辈"，某些时刻，就是来自底层的那点温暖能够救人。同样，给人致命一击的，也是来自底层的恶意。

在王熙凤得势的时候，她要是想向小人物施以恩惠，是非常容易做到的。可是，控制欲使王熙凤常常"小善而不为"。

比如平儿跟她汇报王夫人屋里丢了东西，宝玉说是为了逗小丫头玩偷走的，王熙凤眼明心亮地看出宝玉喜欢帮人揽事，十有八九是瞎话。她的处理方案是把太太屋里的丫头都抓来，叫她们垫着磁瓦子跪在太阳下，茶饭也不用给她们吃。一日不说就跪一日，丫鬟们就是铁打的身子，一日也管招了。

可是，这些丫鬟招了对王熙凤又有什么好呢？丫鬟们从此恨上她不说,王夫人屋里出了贼会觉得脸上很有光彩吗?平儿都劝她,何苦来操这心,不如保养身体,睁一眼闭一只眼罢了。

贾琏的小厮兴儿在尤二姐面前说王熙凤:"苦了下人,她讨好儿。估着有好事,她就不等别人去说,她先抓尖儿。或有了不好的事,或她自己错了,她就一缩头,推到别人身上去,她还在旁边拨火儿。"兴儿这是为了讨好尤二姐,但说得这么具体激烈,必是他对王熙凤的不满由来已久。

另外,有个好心态和好身体,也能抵御风险。可王熙凤一向争强好胜,干活拼命,不落人后,平时基本不保养身体,导致她外强内干,到后来更是三天两头生病。

所以"聪明伶俐"的王熙凤,其实一叶障目。她只知道局面强势时候怎么打,对可能的下坠,她完全没有心理准备。贾母日薄西山,王熙凤背后的王家亦如此,她身陷危局而不自知,她的小聪明其实背后是更大的蒙昧,蒙昧终会将人引向万劫不复。

王夫人曾以名门正派的身份外加道德正义的面孔吸引了探春,她代表着与赵姨娘完全不同的形象。但此刻,探春应该能发现,"名门正派"与道德面孔若是在一个傲慢与愚蠢的人身上,会变成更大的恶。

探春并不是一个不讲体统的人,只是她对体统的理解不同。在她眼里,体统首先意味着生而为人的尊严。

探春和王夫人:
从努力靠近,到分庭抗礼

(一)

贾赦看上了贾母的丫鬟鸳鸯,要他老婆邢夫人去说合,鸳鸯不肯,告到贾母那里。贾母震怒了,偏偏贾赦夫妇皆不在现场,她便骂另一个儿媳妇王夫人:

> 你们原来都是哄我的!外头孝敬,暗地里盘算我。有好东西也来要。有好人也要,剩了这个毛丫头,见我待她好了,你们自然气不过,弄开了她,好摆

弄我！

慈祥如贾母，原来也绷着"总有刁民想害朕"这根弦。王夫人不明所以，也不敢分辩，其他人同样不敢作声。李纨则是一听鸳鸯诉说哭诉，就觉得"儿童不宜"，把黛玉、探春等人都带了出去。

有心的探春却在窗外听了一耳朵，想"王夫人虽有委屈，如何敢辩"。其他人，比如薛姨妈、宝钗、凤姐、李纨、宝玉等，都和王夫人关系太近，不好帮腔。这正用得着女孩儿之时，没有谁比自己更合适。

王夫人虽是探春嫡母，但探春毕竟是贾政之妾赵姨娘所生，这里面是有点尴尬的，可正是因为这点尴尬，让她避开"帮亲不帮理"的嫌疑，最适合帮王夫人解围。

于是，她走进屋里，陪笑道："这事与太太什么相干？老太太想一想，也有大伯子要收屋里的人，小婶子如何知道？便知道，也推不知道。"

一句话点醒贾母，贾母大笑起来，检讨自己是老糊涂了，凝固的气氛瞬时间缓和下来。

在贾母已经愤怒到失去理智的情况下，探春敢于上前，是她的勇；她用半开玩笑的方式说出常识："便知道，也装不知道",这画面感足以把爱听段子的贾母逗笑,这是探春的智。一番即时表现证明,这个三姑娘智勇双全,有胆有识。

一场风波就此烟消云散,大家该干嘛继续干嘛。但实际上,这对于探春而言,应该是一个关键时刻,一直很努力地朝王夫人靠拢的她,在这个节骨眼上立了功。她和王夫人心里都是有数的。

(二)

王夫人与探春的关系,是《红楼梦》里值得玩味的一笔。它颇具典型性,她们之间的交集与分歧是许多有志青年和道德大佬之间都会出现的交叉与分离。

探春与王夫人关系的发展分三步,第一步是试探期。

前面说了,探春与王夫人的关系天生尴尬,再怎么说,探春的娘,是王夫人极度看不起的赵姨娘。但是,这里有点特殊情况,就是探春自己也看不起她娘。

并非是探春势利。赵姨娘在荣国府口碑极差,连小丫鬟都瞧不起她,管家娘子们更是拿她当个傻子待。一向做事同样不怎么得体,被称为尴尬人的邢夫人,曾对庶出的迎春说了句公道话:"你娘比如今赵姨娘强十倍"。同样是妾,周姨娘就比赵姨娘省事得多。

似乎只有贾政还挺喜欢赵姨娘,日常起居都是由她服侍,贾政的品位为何这么坏?或许不是品位的原因,我有点怀疑他不是喜欢赵姨娘,而是从淡淡的厌倦感中生出了一种佛系。他这一生身不由己,努力过,也知努力无益,最终只是在空度日而已,这一个和那一个又有什么区别。而王夫人是一整个人形妇德模板,周姨娘不争不抢,剩下能说几句话的就只能是赵姨娘了。

但探春不佛系,她跟赵姨娘的关系最紧密,这就太痛苦了。好在,按照当时的规矩,妾不过是替大老婆生娃的工具,所以探春可以算是王夫人的孩子,而王夫人与赵姨娘,实在是有云泥之别。

如今眼明心亮的读者大多不喜欢王夫人,但是在荣国府,尤其在抄检大观园之前,王夫人的形象无可挑剔。

贾母住在贾政这边,本身就是对王夫人的极大认可。贾母在迁怒王夫人又醒转过来之后,对薛姨妈说:"你这个姐姐她极孝顺我,不像我那大太太一味怕老爷,婆婆跟前不过应景儿。"连深为王夫人嫌憎的赵姨娘都说"分明太太是好太太",她纵是不得已,也说明王夫人"好太太"人设,已经立得很稳定了。

平日里王夫人吃斋念佛,穷亲戚上门,她叮嘱王熙凤多少照应着点。她宁可自己省着点,也不想让那些侄女、外甥女受了委屈。老有人说王夫人对黛玉深怀恶意,但当袭人建议王夫人"变个法子把二爷弄出这园子"时,两年间她都未有行动,一般的母亲只怕都没这么沉得住气。

王夫人出身名门,大权在握,又是荣国府的第一号道德家,很像江湖上德高望重的大佬,而初出茅庐的年轻人,最容易被这类人吸引。于是探春以被赵姨娘所生为耻的同时,也很以自己是王夫人的孩子为荣。

有次宝玉跟探春说,她给自己做鞋的事被赵姨娘知道了,赵姨娘抱怨得很,说"正经兄弟鞋搭拉袜搭拉的没人看得见,且作这些东西"。意思是宝玉与她同父异母,算不得正经兄弟。

探春立即沉下脸，说这话糊涂，自己不过闲来无事做一双鞋，爱给哪个兄弟都随自己的心。言下之意，宝玉、贾环在她心里一个样。

宝玉随口道："她心里自然又有个想头了"，探春把脖子一扭，说道："连你也糊涂了！她那想头自然是有的，不过是阴微鄙贱的见识。她只管这么想，我只管认得老爷太太两个人，别人我一概不管。"

"阴微鄙贱"这四个字很重，探春大抵是被宝玉激怒了。宝玉用了"自然"二字，他居然不觉得赵姨娘很奇葩、很大逆不道、很匪夷所思吗？后来当李纨说探春自然是想拉扯赵姨娘的，只是嘴里说不出时，探春当即不给面子地说："这大嫂子也糊涂了！我拉扯谁？谁家姑娘们拉扯奴才了？他们的好歹，你们该知道，与我什么相干？"

她强行把王夫人当亲妈，把王夫人的兄弟当自己的亲舅舅。王夫人是她的心理盾牌，当她不可避免地被赵姨娘所滋扰时，只要祭出王夫人这面大旗，就能让赵姨娘羞愧遁逃。

那么王夫人这边呢？她对探春的感觉可能更复杂一点。

探春本人出类拔萃，王熙凤说她和贾环是"一个肠子居然爬出两样人"，贾环随赵姨娘，特点是"小"，小格局、小心眼、小奸、小坏，而探春的特点则是"大"。

她"素喜阔朗",住处也没有隔断,放着一张花梨木大理石大案,西侧墙上挂着一大幅米芾的《烟雨图》,左右挂着一副对联:"烟霞闲骨骼,泉石野生涯"。案上有大鼎。左边紫檀架上放着一个大观窑的大盘,盘子里盛着的还是"大佛手"。

屋如其人。探春的居处显示出她不是闺阁之秀,有林下之风。但她同时也有一些小情致,比如喜欢柳编的小篮子,整竹子根抠的香盒儿,胶泥垛的风炉儿。宝玉给她送荔枝,用了个缠丝白玛瑙碟子,说是这盘子放荔枝好看,探春见了也说好看,叫连碟子放着,似乎这荔枝的欣赏价值大于品尝价值。

大观园诗社也始于探春的灵感。她的诗也许没有黛玉写得好,但活在大观园里,她与黛玉、宝玉一样,追求有诗意的人生。

除此之外,她格局宏大,见识不凡,从贾母到邢夫人再到下面的小厮都对她欣赏有加。对于王夫人来说,小妾的孩子出色不算令人开心的事,好在这孩子一心朝自己靠拢。但是王夫人也不能与探春太过亲近,否则那个可恶的赵姨娘又会翻腾些事情出来,宣示自己的主权,怕被人摘了桃子,因此王夫人对探春只能"面子上淡淡的"。

探春与王夫人的关系由此十分微妙，探春坚持不懈地朝向王夫人这缕阳光，王夫人却若即若离，内心其实有点无措。而这次王夫人被贾母冤枉，探春的挺身而出，一定会让王夫人心怀感激，真正地接纳探春。

（三）

这就走到两人关系的第二步，蜜月期。

探春为王夫人解围后没几个月，赶上王熙凤生病。王夫人对只会做好人的李纨不放心，将理家大任交到了精明强干的探春手里。探春感激这知遇之恩，后来跟赵姨娘吵架时还说："太太满心疼我，因姨娘每每生事，几次寒心……太太满心都知道。如今因看重我，才叫我照管家务……"

她抱着要将太太的事情办好的决心来理家，替王夫人节省每一个铜板。

赵姨娘的弟弟去世，管家娘子吴新登家的帮她申请带有抚恤金性质的赏银，吴新登家的欺负探春对规则不够熟，不说该赏多少。李纨比照彼时和赵姨娘一个待遇的袭人，说袭人的娘去世时赏了四十两银子，建议也赏四十两，吴新登家的忙答应了，接了对牌就走。

探春却想起，袭人是从外面买来的，赵姨娘是自家奴才生的，她们俩的亲属丧葬费标准不同。家生妾的亲属生前享过贾府的福，外面买来的没占到便宜，要多给一些补偿。袭人母亲去世赏四十两银子，赵姨娘的兄弟去世只能赏二十两。

赵姨娘得知后气恼非常，大闹一场，她原指望闺女出息了她能沾光，但闺女出息后到从头到脚看不上她，于是她就要亲自拆台。不合适的母女关系带来的痛苦，不比不合适的夫妻少，夫妻起码可以离婚，心理上可以切割，但母女之间血肉相连，千丝万缕，在劫难逃。

还好探春顶住了。首战告捷之后，她又搞起了改革，开始减免重叠开支，在大观园搞大包干，干得轰轰烈烈。底下人对此十分拥戴，连被她的改革冲击到自身利益的宝玉都表示赞赏，称之为"大好事"。

更难得的是，她的"前任"王熙凤也不觉得被打脸。王熙凤很现实，她一直想省钱却被各种力量掣肘，现在探春冲锋在前，替她扛住压力，待她复出后就可以坐享改革成果。

但是王夫人那边怎么想呢？书中并没有透露。从王夫人一贯的言行来看，只怕不会欣赏探春的做法。

王夫人很在乎"体统"二字。当王熙凤建议裁掉些丫鬟时，

王夫人便悲从中来,说:
"你这几个姊妹也甚可怜了。也不用远比,只说如今你林妹妹的母亲,未出阁时,是何等的娇生惯养,是何等的金尊玉贵,那才像个千金小姐的体统。……我虽没受过大荣华富贵,比你们是强的,如今我宁可省些,别委屈了她们。"

少用几个丫鬟就已关乎体统,现在整个大观园都被探春承包出去了,岂不更是体统无存?一旦这消息传出去,说堂堂贾家,跟奴才学省钱,让贾家的脸面朝哪里搁?

更何况改革一定会打破旧有秩序——莺儿与春燕娘的纠葛就是一个例子。触犯一部分人的利益,省钱,对于不愿意面对"下坠"事实的王夫人来说,应该是很大的冲击。

探春并不是一个不讲体统的人,只是她对体统的理解不同。在她眼里,体统首先意味着生而为人的尊严。

王夫人派人抄检大观园,这事就挑战了她"体统"的底线:在没有任何证据的情况下,将丫鬟视为犯罪嫌疑人,搜查她们的私人物品,这在探春眼里是一种丑态。

探春平时管教丫鬟很严厉。吃饭的时候,房间里鸦雀无声,她对丫鬟发号施令也毫不客气。但她的严厉是一种上级式的严厉,不容许他人践踏丫鬟的人格。

那个夜晚,别人都做了沉默的大多数,只有探春率领一众丫鬟秉烛而待,拒绝被抄检,无所畏惧地说:"你们不依,只管去回太太,只说我违背了太太,该怎么处置,我去自领。"

这是探春第一次提到王夫人时不再努力靠近,而是分庭抗礼。王夫人曾以名门正派的身份外加道德正义的面孔吸引了探春,她代表着与赵姨娘完全不同的形象,但此刻,探春应该能发现,"名门正派"与道德面孔若是在一个傲慢与愚蠢的人身上,会变成更大的恶。

她痛心地说:"这样的大族之家,若从外头杀来,一时是杀不死的,这是古人曾说的'百足之虫死而不僵',必须先从家里自杀自灭起来,才能一败涂地!"探春这几句话说得沉痛苍凉,是否她在理家的过程中看到了更多?她直指王夫人的这种折腾纯属作死。

当此际,王熙凤很聪明地选择了沉默,周瑞家的很机智地提出告辞,唯有那个王善保家的不懂得阅读空气,上前去翻探春的衣服,挨了探春一耳光。探春怒骂道:"我不过看着太太的面上，你又有年纪，叫你一声妈妈，你就狗仗人势，天天作耗，专管生事。"

王夫人的道德清洗，被探春定性为"生事"，她是唯一替晴雯她们公开抱不平的人。王夫人得知探春的话后会作何想？她也能遥遥感到那一耳光的威力吧，"有志青年"与"道德大佬"到底走到了这一步！

探春和王夫人的分歧，是三观的分歧，是对"人格""体统"这些词的认知分歧。王夫人也许永远都不能明白，探春为什么会对抄检有那么大的反应，她们眼里的世界是不同的。

之后探春和王夫人几乎没有更多交集，但可以想象，两人之前的"经营"在那个夜晚坍塌了。以王夫人的修养，未必会对探春怎样，探春，估计也会待王夫人一如从前，只是彼此的心已经远了。可正是这种坍塌，让探春对人生能够有着更为深刻的理解，我们也得以看到探春真正的神采，忍不住要在心里叹一句：好一个三姑娘！

《红楼梦》开篇，作者写道："今风尘碌碌，一事无成，忽念及当日所有之女子，一一细考较去，觉其行止见识，皆出于我之上。何我堂堂须眉，诚不若彼裙钗哉？……闺阁中本自历历有人，万不可因我之不肖，自护己短，一并使其泯灭也。"

他说得很清楚,他要写一部他心中的《列女传》。他写下这几句话时,心中应该会飘过三妹妹探春的身影。只可惜红楼未完,我们不知道探春后来如何,远嫁是一定的了,但愿远嫁的她,能获得更大的天地,也能立一番事业,如她当初所愿。

第二章 身在危局 生存之道

李纨在贾母、王夫人等人面前的平静,不过是她知道这种抱怨的无意义,只会白白讨人嫌而已。孀居生涯使她已经学会在大多数时间里,整理好自己的情绪,以自己手中所有,安排生活。

既然有许多东西不可争取,那就不如平静地握紧手中那点实惠,不对这世界投入盲目的热情,韬光养晦,抓住重点,以求后来。

李纨:
身在边缘,如何翻盘?

李纨是金陵名宦之女,父亲曾为国子监祭酒,丈夫是贾宝玉的兄长、王夫人的长子贾珠。贾珠非常优秀,十四岁就中了秀才,二十岁时娶妻生子,可惜天不假寿,他很快生病去世,留下这孤儿寡母。

贾母说李纨是"寡妇失业的"。那时候,丈夫就是女人的职业,失去丈夫的女人,没有撑腰说话的人,历来在家族中很容易受人冷落。荣国府是豪门大户,讲究规矩面子,对李纨母子还算多有照顾,比如李纨的月钱比王熙凤要高一倍,有些要出钱的地方，贾母也会做主帮她免掉。看起来李纨的处境不算艰难，但是，李纨的根本利益还是受到了损害的。比如说，她没有管家的权力。

贾政这边的家，是王熙凤在管，而王熙凤是贾政哥哥贾赦的儿媳妇，将来还要回贾赦那边去。也就是说，王熙凤在贾政这边管家是被借调过来的。

这就奇怪了，放着自己家的儿媳妇不用，把哥哥的儿媳妇抽调过来是为什么呢？贾琏的小厮兴儿说，是家中规矩大，寡妇奶奶只宜清净守节。但是，凤姐生病期间，不正是探春、宝钗和李纨这"三驾马车"帮她代班吗？这里面探春还是未出阁的姑娘呢。

李纨既然能给探春搭把手，就能给王熙凤搭把手。要知道王熙凤虽能干，管起家事也是忙得不可开交，用贾母的话说是"丢下笸儿弄扫帚"，李纨协助王熙凤一把总可以吧，可为什么分配给李纨的工作只有陪小姑子们做针线呢？

从文本推测，应该有两方面的原因。一是贾母喜欢王熙凤，而王熙凤又特别爱揽权。

王熙凤的聪明伶俐、富有幽默感，都很对贾母的脾气，贾母对她的喜爱可以说不加掩饰。贾母一向跟着贾政生活，各种资源也都向贾政这边倾斜，所以把王熙凤弄到贾政这边理家,就成了一件很自然的事。

当王熙凤掌握大权时,李纨很自然地就只能靠边站了。王熙凤喜欢显示自己的能干,秦可卿去世时,荣、宁二府的管理工作落到她一个人身上,她非但不嫌累,见自己威重令行,心中还十分得意。卧榻之侧岂容他人酣睡,连自己丈夫贾琏说的话都不算,在荣国府的地盘上,王熙凤怎么舍得让李纨分享手中的权力。

另一方面,作为一个寡妇,李纨在荣国府是一个尴尬的、不祥的存在。荣国府有身份的"高层"们,可能也不是特别愿意跟她打太多交道。

第三十九回,李纨看见平儿,想起自己丈夫的侍妾不肯与自己一起守寡,感到孤单无助,悲从中来,落下眼泪,众人的反应就很冷漠,都说:"又何必伤心,不如散了倒好。"连一句安慰都没有。

贾母选择在经济上向李纨多倾斜一些,以减弱李纨在贾府地位上的存在感,不去碰那块逝者的伤疤。

在这样一种处境下,李纨应该选择怎样的姿态去面对呢?

俗话说,物不平则鸣。《红楼梦》里就有两个自认为遭遇不公的人,时不时地用各种方式表达自己的怨愤:一个是赵姨娘，一个是邢夫人。

赵姨娘就不用说了，她是贾政的小老婆，自以为也算这个家里的主人，却一直被贾府上上下下藐视。她觉得自己受委屈了，又是在探春、贾环面前唠叨，又是在下人面前抱怨，还勾结那个马道婆给贾宝玉、王熙凤扎小人。最终都是白忙活，碰了一鼻子灰。

而邢夫人是贾宝玉大伯贾赦的妻子，她虽是正室，但只是个填房。在当时，填房的身份多少会让她的地位打点折扣。再加上贾母偏心小儿子，邢夫人更是有一肚子的愤愤不平，所以邢夫人跟王熙凤说话有点阴阳怪气的，找着机会总想羞辱她一下，王熙凤瞒着没说，最后被鸳鸯转告给了贾母。

应该说，这两位都不是聪明人，她们的做法对自己有害无益。李纨的表现则与她们相反，书中说她"居家处膏粱锦绣之中，竟如槁木死灰一般"，就是进入了无欲无求的至高境界，自然犯不着跟谁争什么了。

李纨真是一个与世无争的人吗？明显不是。黛玉、宝钗等人起诗社，宝玉一心想让他的林妹妹夺魁，李纨却推宝钗为首，宝玉想要李纨改主意，李纨说："原是依我评论，不与你们相干，再有多说者必罚。"宝玉听了，只得罢了。

李纨不喜欢妙玉，直接说："我最厌妙玉为人。"妙玉跟她八竿子打不着,她大概就是不喜欢妙玉的矫情。如若李纨真的是"槁木死灰"一般,哪会有这么多意见?

李纨在贾母、王夫人等人面前的平静,不过是她知道这种抱怨的无意义,只会白白讨人嫌而已。孀居生涯使她已经学会在大多数时间里,整理好自己的情绪,以自己手中所有,安排生活。

上面不让她管事,那就不管,上面给她经济补偿,她就牢牢攥住。王熙凤曾跟李纨算过账,说她的月钱原本就是自己的两倍,老太太和太太她们又觉得李纨可怜,会额外给她各种福利,她一年收入有四五百两银子,怎么就舍不得拿些钱出来陪这些小姑子们玩玩呢?

王熙凤这话虽有点无理取闹,但李纨把钱看得紧也是真的。凤姐给了他们诗社五十两银子的经费,没多久,李纨又叫宝钗她们凑份子。所以有人怀疑李纨是不是贪污了,李纨倒不至于贪污,事实上,她大概是对这来之不易的五十两银子小心谨慎,要仔细地花,不愿倒贴钱。

李纨这样做没有问题。她心知既然有许多东西不可争取,那就不如平静地握紧手中那点实惠,不对这世界投入盲目的热情、韬光养晦、抓住重点,以求后来。

李纨的重点是什么呢?她想要的是怎样一个未来呢?身

处弱势究竟如何逆袭?

从古到今,边缘群体想要逆袭的,只要稍稍有条件,都会想到一条路——读书改变命运。

当然,读书是中华民族的优良传统,贾府上下都十分看重。书中第二回,作者借冷子兴之口介绍,贾家是钟鸣鼎食之家,诗书翰墨之族,家中子弟都读书。贾敬考中过进士,贾政原来也想以科甲出身。但是,等到贾家各位真实地出现在读者面前时,你会发现,他们对于教育的态度,其实挺复杂的。

贾家人对教育的态度大致可分为三类,第一类如贾赦,他是荣国府长子,有世袭的爵位等着他,因而天生一副纨绔子弟的傲慢。贾环作诗表达不爱学习之意,贾赦夸他有骨气:"想来咱们这样人家,原不比那起寒酸,定要'雪窗萤火',一日蟾宫折桂,方得扬眉吐气。咱们的子弟都原该读些书,不过比别人略明白些,可以做得官时就跑不了一个官儿的。何必多费了工夫,反弄出书呆子来?所以我爱他这诗,竟不失咱们侯门的气概。"

这个话的意思就是,随便读点书能糊弄过去就行了,太用心反而显得没有骨气,失了气概。

第二类如贾母,她倒不觉得读书与气概什么的有关,宝玉要是能认真读书她会很高兴,但宝玉要是不爱上学,她也不觉得是天大的事。她奉行的,更像是素质教育,不要给孩子太多压力,以健康快乐为主。

应该说,宝玉的灵性,很大程度上得益于有位开明的老祖母。考虑到《红楼梦》是一部自传体小说,我们也可以说,如果没有这样一个老祖母,可能我们就看不到如此伟大的《红楼梦》了。

但是素质教育也有个问题,它需要雄厚的物质基础打底,接受素质教育的人不但要有钱、有时间,还得有一种无所求的淡然,这并不适合所有人。就连《红楼梦》的作者,拥有不世出的才华,在第一回的自述中也还是自怨自艾,叹自己风尘碌碌,一事无成,背父兄教育之恩,负师友规劝之德。素质教育讲的是无用之用,而一旦坠入底层,无用并不是件光荣的事。

第三类如贾政,他是一个应试教育的拥戴者,他让人带话给贾宝玉的老师,《诗经》古文都不用教了,先把"四书"讲明白。问题是,他孤掌难鸣,他的两个儿子都严重厌学,唯有小孙子贾兰,跟他是一路。

贾兰是李纨的儿子,这孩子太爱学习了,在学堂里是个好学生,先生不在的时候,他还练习骑射,很有一种晴耕雨读的紧凑感。不难看出,他所做的一切,都是在为将来的科举考试做准备。

贾兰的爱学习,并不是因为他天生勤奋,而是他比宝玉有更多的危机感。贾环倒也有不安全感,但是他还有个不着调的妈,使他总是试图通过阴毒的方式来解决问题。只有贾兰,抓住了"重点"。

这背后一定有李纨的谆谆教导,这也是李纨的过人之处。身处边缘,她既不自我麻痹,也不做无益的怨诽,她脚踏实地,寻求最合适的道路,耐心等待时机,等待属于自己日子的到来。

关于李纨的结局,八十回《红楼梦》来不及展示,但第五回宝玉看到的画册上有所透露。关于李纨的那一幅,上面是一盆茂兰,旁边有一位凤冠霞帔的美人。她的判词是:桃李春风结子完,到头谁似一盆兰。如冰水好空相妒,枉与他人作笑谈。

基本可以确定，后来贾兰发达了，李纨也因此凤冠霞帔，但是"如冰水好空相妒，枉与他人作笑谈"又让人疑惑，听上去不像好话。关于她的曲子《晚韶华》说得更是不明不白："只这戴珠冠披凤袄也抵不了无常性命。虽说是人生莫受老来贫，也须要阴骘积儿孙。气昂昂头戴簪缨，光灿灿胸悬金印，威赫赫爵禄高登，昏惨惨黄泉路近！问古来将相可还存？也只是虚名儿后人钦敬。"

这意思好像是说李纨没有积阴骘给儿孙，那么"威赫赫爵禄高登，昏惨惨黄泉路近"这句很有可能说的是贾兰而不是李纨。"问古来将相可还存？也只是虚名儿后人钦敬。"则不通之极。古来将相固然不存，普通百姓也不复存啊，将相比之普通百姓好歹还会留些虚名吧。

一向冷静客观的作者，写到这里却一反常态，话说得酸溜溜的。这极有可能是因为在贾家整体坠落、李纨靠着儿子逃出升天之后，这个大嫂子对亲人们没有多少关照吧。

如果是这样，也没有什么好指责的。李纨熬过漫长的冷清岁月，她忍受冷漠与不公，不撒娇，不抱怨，不产生过多的情绪和感情，终于苦尽甘来。她没有必要，再做一个他们期待中的好人。

上司有时温情脉脉，显示出某种职场之外的感情，是因为他们占据强势位置，可以收放自如，他们的温情更多地是为了让自己高兴。同样。在必要的时候，他们也会为了自己收回这种感情。在职场中不可以不有所警惕。

但职场上，最要紧的是专业，是清醒，可爱并不是一件很重要的事，不是吗？

晴雯：
职场宠儿的错觉，忘记了上司的本质

晴雯曾是职场宠儿，她的每一任上司都对她另眼相待。可她的人生也有忽然间急转直下的一天，甚至于被扫地出门。这固然与她后来遇见的王夫人不可理喻脱不了关系，却也与晴雯对这世界的误判有关。一次又一次，在万千宠爱的包裹中，她忘记了上司的本质，怀揣着不适当的信任感，她行差踏错，最终遭受灭顶之灾。

"宠儿"的职场错觉是怎样形成的呢？

晴雯身世可怜，十来岁时被卖到贾母的陪房赖嬷嬷家，好在到了赖家之后，她的人生就开了挂。

丫鬟也分三六九等，最底层的是粗使丫鬟，像小红当初在怡红院，只能做些扫地、洒水、喂鸟的粗活，好不容易找个机会给宝玉倒了杯茶，还被秋纹、碧痕堵到门口问她配不配。

秋纹、碧痕算是做细活的丫鬟，有资格端茶倒水，但在整个荣国府，也还是小透明。王夫人不知道她们的存在，她们也不太有机会到主子跟前去。丫鬟之间的阶层同样难以逾越。

晴雯一到赖家，立即就有了很强的存在感，她居然能够经常陪着赖嬷嬷到贾府去看望贾母。要知道赖家的富贵，皆是仰仗贾家而来，去看望贾母，在赖嬷嬷的生活里，是头等重要之事。她愿意带晴雯去见这个世面，必然是把晴雯看得不同寻常，那么晴雯何德何能呢？一言以蔽之：萌。

书里一再说她生得好，又说她当时还没有留头，可以想象小晴雯的玉雪可爱，再加上她聪明伶俐，更加讨人喜欢。

不但赖嬷嬷喜欢，贾母也喜欢。贾母是个资深外貌党，见到好看的人就喜欢得不行，赖嬷嬷干脆把晴雯孝敬给了她，晴雯也算是一步登天了。

　　晴雯的好运还没完。同所有长辈一样,贾母但凡自己有点好东西,就会想着最疼爱的儿孙,渐渐地,晴雯出落得越发标致伶俐,连当时最为看重的女红,也就是针线活,她都比众人出色,贾母便觉得,这个丫鬟,将来可以给宝玉使唤。

　　请注意这"使唤"二字,不能单从字面上看。贾府的规矩,少爷在娶妻之前,都要先弄两个屋里人侍候着,这所谓的屋里人,就是妾。

　　对于少爷身边的丫鬟们,这就是她们改变命运的时候,从奴才变成半个主子。更更重要的是,比起未来的正妻,她们和少爷有着更深厚的感情基础,若这少爷如宝玉般相貌俊美、知冷知热,那真的是四角俱全,想走这条路的人不知道有多少。

　　晴雯很幸运,她早早地"上了路"。而宝玉这方面呢,宝玉也很喜欢她,在外面吃饭,看到有晴雯爱吃的豆腐皮包

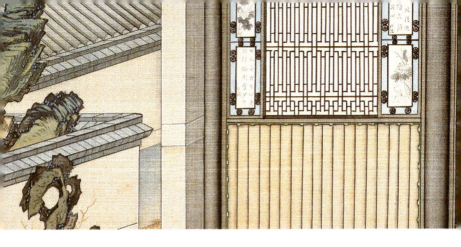

子，都会记得打包让人先给晴雯送回去；宝玉也能够欣赏她的娇嗲刁蛮，将她视为第一等的人物，晴雯因此得以自在生长，认为她和宝玉"横竖都是在一起的"。

在晴雯这里看似顺理成章的想法，其实是有问题的，过于顺利让她把"职场"当成了"家"，把上司当成了朋友或是亲人。

但是，上司一直在那里，比如宝玉。

晴雯对宝玉有一种不分彼此的仗义，她把宝玉的事儿当成自己的事，不遗余力。小丫鬟坠儿偷了人家东西，平儿和麝月都商量好了，等袭人回来处理，晴雯偏偏要主动出头当坏人，平白无故地与人交恶。

另一方面，她有时也因为太不见外，惹得宝玉不高兴。

比较著名的就是晴雯撕扇那一回。晴雯不小心将扇子骨跌折了，宝玉便骂她是"蠢材"，还说"将来怎么样？明日你自己当家立事，难道也是这么顾前不顾后吗"？

这句话看似脱口而出，其实大有意味，宝玉并不觉得晴雯的"将来"和自己有关，认为她以后还要"自己当家立事"。接下来，由于晴雯顶撞了他，又抢白袭人，宝玉终于怒了，提出要去回太太，打发她出去。请注意，在这种时候，宝玉不是让她"滚"，或是说出其他口不择言之语，他很清楚地道出正常的程序，主子的款儿十足。

到这个时候，晴雯应该心生警惕了。可惜，这个事情一闪而逝，很快就冲淡在"撕扇"的欢快中。

真正让晴雯意识到上司的霹雳手段的，还是王夫人。

事情的缘起非常奇葩，贾母的丫鬟傻大姐在大观园的假山上拾到一个绣春囊，王夫人震怒，决定搜检大观园。在前期讨论中，邢夫人的陪房王善保家的指出，宝玉屋里的晴雯仗着她比别人生得标致，又生了一张巧嘴，天天打扮得像个西施的样子，在人跟前能说会道，一句话不投机，她就瞪起两个骚眼睛来骂人，妖妖趫趫，太不成个体统。

这个话算不算谗言呢？一半算一半不算，晴雯的火暴脾气的确存在，几乎每次出场，不是抢白这个，就是骂那个。小红、麝月、袭人都被她当过靶子，平儿也说她是块"爆炭"。

她脾气上来时，对宝钗都没好气。黛玉去敲门，她问都不问是谁，就说都睡下了，不给开门。

骂人是晴雯的常态。很少去大观园的王夫人，都能碰到她在骂人。王善保家的这么一说，王夫人也想起来了，说："上次我们跟了老太太进园逛去，有一个水蛇腰、削肩膀、眉眼又有些像你林妹妹的，正在那里骂小丫头。我心里很看不上那轻狂样子，因同老太太走，我不曾说得。后来要问是谁，又偏忘了。近日对了坎儿，这丫头想必就是她了。"

这里请看王夫人的正确示范，她当时看晴雯骂小丫鬟心中非常不爽，若要出声斥责，也是她职权范围内的行为，但是王夫人记得贾母正在游园，她不能破坏气氛，这是其一。其二，当着上司的面骂底下人也是职场大忌，除非是上司授意你骂的，否则就是在上司面前抖威风，未免"轻狂"。

伶俐的晴雯怎么就不明白这一点呢？归根结底，她把王夫人贾母当成游客而忘了她们是上司了，在职场上的过于平顺，使晴雯把怡红院当成自己的家，以为在这个家里，她可以活得很舒展。

这就是王夫人和晴雯的差别。王夫人即使在自己家里，

心中也有职场观念。晴雯明明在职场,却把职场当成了自己的家。王夫人会把婆婆当成上司,晴雯却将上司当成游人。受宠多年,她大概已经忘了上司是多么有杀伤力的群体。当王夫人忽露峥嵘,晴雯就措手不及了。

就像一副多米诺骨牌发生连锁反应,随着王夫人以上司的形象出现,晴雯信任的其他人,也纷纷露出了另一面。

首先现形的是宝玉。

晴雯被王夫人撵出去之后,宝玉非常难过,还冒了点险跑去看她。但是,从头到尾,他没有勇气在王夫人面前替晴雯说一句话,他自己也被王夫人的雷霆万钧给吓坏了,"不敢多言一句,多动一步",甚至于晴雯跟他诉说委屈时,他也没有什么话好说,只是可惜晴雯养出来的指甲被损坏了。

晴雯去世之后,宝玉煞有介事地写了篇《芙蓉女儿诔》,文辞华丽,情感激烈,却无一字落到实处。更有甚者,当黛玉现身,对其文辞提出疑义,他立即和黛玉有说有笑地推敲起字句来，后来干脆说送给黛玉，可见这文章本来就不是出自肺腑，送给谁都可以。

宝玉是职场上比较多见的那种顶头上司，平时里跟你关系不错，对你颇多欣赏、照顾担待，你差点都以为ta是知己，可以士为知己者死了。不到关键时候，你都无法发现，ta所有的，不过是一种温情脉脉的冷漠。

这样的人或者天性懦弱，又或者根本没把你当成不可舍弃的人，还有可能是本来对谁都不错，可以跟你执手相看泪眼，洒泪而别，却不会帮你说一句公道话。不幸的是，常常要到最后时刻，你才会发现这个真相。

随后现形的是贾母。

王夫人第一次斥责晴雯时，晴雯还曾巧妙地抬出贾母来，说自己是老太太派来的，她一定是对贾母存在某种幻想。但是王夫人也不怕，她比晴雯更清楚"职场规则"。

将晴雯撵出大观园之后，王夫人就到贾母面前来汇报了。她的一番说辞，可以作为汇报的样本。

先是着重强调晴雯身体不好，说大夫看了说晴雯是"女儿痨"。王夫人知道贾母最容不下病人，以前尤二姐去世，贾母听说尤二姐是痨病死的，就要贾琏将她烧掉了事。

　　王夫人把"分外淘气""也懒"这些罪名轻描淡写地夹带在叙述中,不过贾母是何等聪明人,一下子就听出了关键,说:"晴雯那丫头我看她甚好,怎么就这样起来。我的意思,这些丫鬟的模样、爽利、言谈、针线多不及她,将来就只她还可以给宝玉使唤得,谁知变了。"

　　贾母的这段话说得也很妙。她对王夫人的说法是有异议的,只不过作为婆婆,她不便直接提出质疑。

　　王夫人心中有数,赶紧强调"老太太挑中的人原不错",然后继续解释是晴雯身体不好,是"她命里没有造化,所以得了这个病",然后说"'俗语说女大十八变'。况且有了本事的人,未免就调歪"。再次肯定贾母的眼光,但也说出客观规律,最后试图跟贾母达成一致:"老太太还有什么不曾经验过的。"

为了让贾母转移注意力，王夫人将话题引到袭人身上。说她本来是看中了晴雯，后来发现还是袭人更好。而袭人原本也是贾母放到宝玉屋里的。提袭人，可以彻底免去贾母心中疑惑，贾母果然不再追究晴雯之事，高高兴兴地跟王夫人谈起宝玉来。

贾母是职场上最容易被错判的那种上司。他们平时对你欣赏有加，你有足够的理由相信他们把你当成了自己人。这种认知不能说是误判，但你不了解的是，这所谓的"自己人"，在他们的生活中并不占有多少分量。不管平日他们对你有多喜欢，一旦出了事，他们绝不会为了你而伤害跟同事或是其他地位比你重要的下属的感情。只要对方汇报得足够好，不伤他们的面子，都是无可无不可的。

上司有时温情脉脉，显示出某种职场之外的感情，是因为他们占据强势位置，可以收放自如，他们的温情更多地是为了让自己高兴。同样，在必要的时候，他们也会为了自己收回这种感情。在职场中不可以不有所警惕。

职场有时候看上去有着家庭般的温暖气氛，但它的实质永远不会改变。不能够太有想象力，也不能自说自话。这一点上，袭人比晴雯要明白得多，她也许没有晴雯可爱，但职场上，最要紧的是专业，是清醒，可爱并不是一件很重要的事，不是吗？

她把职场只当做职场。她先天优势的缺乏,也许正是她的优势之所在,让她能够丢掉一切幻想,找准自己的定位,清楚地知道,自己身在职场,而不是别的什么地方。

作为一个职场人,她懂得热爱工作,而不是热爱工作对象。像袭人这样,兢兢业业地做好交到手里的每一项工作,与主子在感情上保持距离,保持随时切割掉的可能,难道不是职场上最为明智的选择吗?

袭人:
"业内佼佼者"的职场感

袭人类似于职场上最常见的那种"红人"。你觉得她能力一般般,长得一般般,哪儿哪儿都不行,但她在领导面前就是混得好。很多人会觉得她必定是使用了某种手段,看似人畜无害,其实城府极深,是个腹黑的大反角。

没错,贾母对于袭人评价并不高,认为她没有晴雯"伶俐标致",但是,这并不妨碍贾母对她的一再提拔和信任,在所谓的出卖事件之前,袭人已经是业内佼佼者。

袭人是侍候宝玉的，编制却算在贾母那边，是贾母屋里月钱一两银子的八个大丫鬟之一。按照凤姐的说法，宝玉都没资格使用这个档次的丫鬟，是贾母偏心，怕宝玉身边没有竭力尽忠之人，把袭人当成福利派到宝玉屋里的。

对于袭人来说，这种下派也是难得的美差。在贾母房间里，袭人虽然不算凤尾，但也只能算八个精兵强将之一。到了宝玉那里，这一方小世界里的事情，都是她说了算，看似只是平行调动，其实袭人一下子就有了实权。

和袭人情况类似的还有晴雯，但是晴雯不是因为业务能力强而被派到宝玉房间的，是贾母认为她适合给宝玉做妾，把她当成培养对象送过去的。她的月银是一吊钱，稍逊于袭人。

就工作能力而言，晴雯不能和袭人相提并论。

虽然晴雯心灵手巧，宝玉的雀金裘烧了一个洞，多少能干的织布匠人都不会补，只有晴雯一看就知道是孔雀毛织成的，说可以用界线的法子来补。麝月说，可是这里除了你谁会界线呢？晴雯当时身染重病，还是强撑着熬了一宿帮宝玉补好了。

但是，晴雯的这种能干，却是无序的、突发性的、不可预期的，属于老子所言的"飘风不终朝，骤雨不终日"那一类。正常的生活中，晴雯非常懒散，用袭人的话说是"横针不抬,竖线不动"。

这是才气过人者的通病,他们不屑于做那些琐屑的小事,要做就做具有挑战性的事。问题是,当丫鬟又不是搞艺术,贾母把晴雯当成姨娘的培养对象,倒是很有识人之明。

袭人则不同,她硬件很一般,贾母对袭人的评价是"从小儿不言不语"和"锯了嘴的葫芦"。从贾母对同样不怎么说话的王夫人的态度,就知道袭人不是她会感兴趣的那一类。

她也不是鸳鸯那种"家生子",是打小被卖进荣国府的,可以说举目无亲,孤立无援。

做丫鬟,袭人是零基础的,在注重审美的贾母屋里,她没有太大优势。在这种情况下,袭人能够成为宝玉屋里的第一号丫鬟,一定是有她的过人之处的,不管你是否喜欢袭人,都必须正视这一点。

袭人的过人之处到底在哪里呢?在于她把职场只当作职场。

她先天优势的缺乏,也许正是她的优势之所在。让她能够丢掉一切幻想,找准自己的定位,清楚地知道,自己身在职场,而不是别的什么地方。

别以为这没什么大不了的。晴雯就输在这个地方,长期受宠,让她弄不清上司的本质,也缺乏对自身的定位。她用交朋友的方式来干工作,高兴的时候两肋插刀,不高兴就翻脸怼人,在职场上,我们也经常会看到类似的工作态度,这就叫作不"专业"。

袭人一出场,书里就这样介绍:"这袭人亦有些痴处:服侍贾母时,心中眼中只有一个贾母;如今服侍宝玉,心中眼中就只有一个宝玉。"其实,她中间还曾服侍过史湘云。憨直的湘云,把袭人看得像姐姐一样亲,还嗔怪她后来待自己没有以前那么好了,可以想象,当时的袭人,眼里也只有一个湘云。

这意味着什么呢?意味着袭人对她的工作很专注,别的她拼不了,就拼这份专注,既往不恋,当下不杂,未来不迎,全力以赴地把手中的工作完成。至于说这个工作是照顾贾母还是湘云或者宝玉,在她这里都没什么本质区别。

所以袭人一出场,作者就用"心地纯良"四个字来形容她,也许其中带有讽刺,但是,这种"纯良"让她能够迅速找到自己的定位,减免不必要的耗损,提高自己的工作质量,这种"业务能力"是袭人的核心竞争力。

作为一个职场人,她懂得热爱工作,而不是热爱工作对象。

晴雯无疑对宝玉更有感情,她认为自己和宝玉"横竖是

要在一起的"。她对宝玉也算尽心竭力,爬高上低地把宝玉写的字贴到大门上,病中奋勇补裘,通宵陪伴宝玉补作业,捎带监督别的小丫鬟……但她所做的这些,都是出于对工作对象的热情,是非常态的,是非常规的工作业绩。

袭人更加稳扎稳打,她了解既然是份工作,情绪就要稳定,被宝玉踹了一脚,还能忍痛赔笑脸。她将宝玉的生活起居样样照顾得周全,除此之外,她还能够创造性地开展工作。

宝玉挨打之后,袭人建议王夫人把宝玉弄出大观园,很多人认为袭人腹黑,暗搓搓地剑指黛玉。未免想多了,实际上,在黛玉还没有进贾府之前,袭人就为宝玉的各种离经叛道操碎了心。

黛玉进贾府的第一晚,袭人在去看望她之前,书中就明确写道"(袭人)只因宝玉性情乖僻,每每规谏,见宝玉不听,心中着实忧郁"。

袭人内心并不喜欢宝玉这号人，但是既然把宝玉交到她手上，她就不能不对他负责任。

一次又一次，她苦口婆心，劝宝玉不要信口开河，不要攻击读书人、把厌学情绪摆到脸上去，不要毁僧谤道、调脂弄粉，总之，起码表面上，要做一个能够隐藏在人群之中的人。这心操的，比贾宝玉他妈王夫人都细致。

她对于工作的热情是有感染力的。宝玉会选择唠叨的袭人而不是爽快的晴雯，虽然有天时地利的缘故，但更重要的是，袭人出于对工作的尽职尽责而呈现出的温柔耐心，给宝玉一种全方位的包裹，给他带来了极大的安全感。

你可以说袭人见识平庸，但平庸正是她的资本之所在。她正是正视了自己的平庸，才一步步地走到今天。她还想把宝玉改造成一个平庸的人，在这世上更好地安身。这里谈不上腹黑，更谈不上针对黛玉，袭人的改造理念是一以贯之的，在她自己的语境里是能够逻辑自洽的。

她因此得到王夫人的欣赏，也是对她这份敬业精神的回报。贾母肯定袭人业务上的靠谱，王夫人则发现了袭人思想意识上的靠谱。提拔她做准姨娘，以如今的眼光看，并不算多么值得羡慕的事，但是，具体到《红楼梦》的语境里，完全可以将此理解为一次纯粹的"升迁"。

事实上，袭人本人，也是将此事纯粹当成一次升迁，她始终能够将工作与感情切割开，这是她具有职场感的第三点。

在王夫人、凤姐等人明确告知袭人将获得和周姨娘、赵姨娘她们一样的待遇之后，袭人心中欢喜自不待言，但她的开心，更多地是因为事业上得到发展。"姨娘"就是贾府里对小妾的称呼，在袭人眼中，也就是一个"职务"。所以，当宝玉喜不自胜，说这下子你可走不了了时，袭人非常冷酷地说："你倒别这么说。从此以后，我是太太的人了，我要走，连你也不必告诉，只回了太太就走。"

如此一团欢喜之际，袭人居然说出这种话来，固然因为书中所言，她知道宝玉性格古怪，不喜欢听奉承之语，另一方面，也是袭人没觉得这次提拔和宝玉有什么关系。她只领

王夫人的情,将自己视为王夫人的人,她只注意到"程序",无所谓情感。

宝玉笑道:"就便算我不好,你回了太太竟去了,叫别人听见说我不好,你去了你也没意思。"袭人笑道:"有什么没意思的,难道做了强盗贼,我也跟着罢。再不然,还有一个死呢。"

袭人跟随宝玉,不过是良臣择主而事,如若宝玉不"良",离开他便是理所当然。对于离开,袭人从来都是有心理准备的,再朝前推一段时间,她挟持宝玉听自己的话,用的也是"离开"二字,连宝玉都感到诧异:"谁知这样一个人,这样薄情无义。"

袭人对宝玉,确实不像晴雯那样深情,她最后也真的离开了宝玉。从文学的角度看,袭人这样的人,我们是很难喜欢得起来的,但是从职场看,她的种种选择,未必是错的。

因为,无论是她还是晴雯,都的的确确身在职场,晴雯蒙冤被逐,宝玉也好,贾母也罢,都没有怎么帮晴雯说过话,轻而易举地就将她那一页掀过去了,宝玉甚至说,就当她们死了,以前也有死了的,也没见我怎么样。假如王夫人厌恶的是袭人,宝玉和贾母会奋不顾身地为袭人说话吗?我看也难。

那么，像袭人这样，兢兢业业地做好交到手里的每一项工作，与主子在感情上保持距离，保持随时切割掉的可能，难道不是职场上最为明智的选择吗？我将袭人的这种状态称之为"职业感"。

今天我们身在职场，常常会在晴雯和袭人之间摇摆。上司的厚爱，空气的和谐，常常也会使我们产生错觉，把职场当成自己的家。一方面平时放松对自己的要求；另一方面，分不清职场关系中的界限感，往往要到某个关键时候，才发现，不管你怎么想，上司就是上司，职场就是职场，这些，不随你的个人意志而改变。

倒是袭人式的示范，更适应职场，即从一开始就明确职场概念，将这一概念贯穿到工作的每一个环节，把交到手中的工作做好，同时不对上司产生过多的感情或是期望。如此，才能够成为真正的业务精英，这也是袭人得以善始善终的根本。

看上去最凶极恶的人，可能内心对善都有一种敬意和信仰。平儿近乎本能的善良，激发了王熙凤的善良，满足了王熙凤心中一种特殊的需要，也使得王熙凤对她很信任。

就像我们知道的那样，如果你太过善良，可能就会被人欺负。平儿的善良是柔中带刚的，自有她的一种锋芒。

平儿：
所谓智慧，最终要回到善良本身

如果要在《红楼梦》里评选出一个最善良的人，那必须是平儿。她的善良不只是一种天性，更是由她的智慧生出的。

平儿是王熙凤屋里的通房丫头，虽然她在众人面前不承认自己是小老婆，但从贾母到贾琏的小厮兴儿等人，都把她视为贾琏的妾。

这个位置很危险。妾是正妻天然的情敌，何况那个正妻还是王熙凤。兴儿曾对二房尤二姐介绍："我们家的规矩，凡爷们大了，未娶亲之先都先放两个人伏侍的。二爷原有两个，谁知来了没半年，都寻出不是来，都打发出去了。"

贾琏原本有个小老婆，王熙凤容不下，那么她自己带来的行不行呢？据平儿介绍，王熙凤出嫁时曾有四个陪嫁丫鬟，最后"死的死，去的去"，只剩下她一个孤鬼了。

由此可见，侍妾小老婆这个位置，有死亡阴影且失业率高达六分之五。可是平儿偏偏就成了那六分之一，她是怎样在王熙凤的治下保全自己的呢？我以为，不仅仅因为她足够聪明，还因为她足够善良，并且她的善良是一种有原则的善良。

以下分三个部分，来说说平儿如何以善良自我保全。

首先，她的善良，激发了王熙凤内心未泯的良知。

书中写到贾家有个穷亲戚邢岫烟，是王熙凤的婆婆邢夫人的亲侄女，家道艰难，她和父母一起来投奔邢夫人。王熙凤为了不背锅，把她安排在迎春屋里。邢夫人是迎春的嫡母，她们算是一家子，若日后邢岫烟有不顺的事，邢夫人知道了，也与她王熙凤无干。

然而邢夫人并不怎么把邢岫烟放在心上。贾家一个月给邢岫烟二两银子的月钱，邢夫人吩咐邢岫烟省出一两银子给父母，但问题是，邢岫烟住在迎春屋里，要经常请屋里的丫鬟、婆子喝酒吃饭，二两银子本就不怎么够用。她经常把棉衣拿去当，后来被宝钗发现了，帮她把棉衣赎了回来。

且先不说宝钗，在邢岫烟这段凄风苦雨的岁月里，另一个照顾她的人就是平儿。有次凤姐叫平儿拿衣服送给袭人，平儿便顺手拿了件大红羽纱的雪褂子出来，要送给邢岫烟，说："昨儿那么大雪，人人都是有的，不是猩猩毡，就是羽缎羽纱的，十来件大红衣裳，映着大雪，好不齐整。只有她穿着那件旧毡斗篷，越发显得拱肩缩背，好不可怜见的。"

那场大雪作者在前几回有细细描述，堪称《红楼梦》里最为浪漫的场景之一。公子小姐们喝酒撸串联诗不亦乐乎，宝琴穿着贾母赠送的野鸭子毛做的斗篷，比画上的人还好看。谁能注意到拱肩缩背的邢岫烟呢？平儿注意到了，不但注意，还心生怜惜，拿了王熙凤的衣服送给她。

对于平儿的自作主张，王熙凤不怒反笑，大感欣慰，只因平儿的做法，正对她的心思。

王熙凤这个人，自称不信阴司报应，恶毒起来令人悚然，但在不妨碍她根本利益时，她也是善念常存的。尽管她跟邢夫人处得不怎么样，但当她发现邢岫烟心性与邢夫人不同，是个温厚可疼的人时，就怜惜她家贫命苦，比别的姊妹多疼她些。

还是下雪那天，平儿和大家一起吃鹿肉，褪了手上的镯子，等她吃完饭洗漱后，发现那些镯子少了一只。王熙凤笑着让大家不要惊慌，说她知道这镯子的去向。后来据平儿说，她当时怀疑是邢岫烟的丫鬟偷了，王熙凤安抚众人，一则是为了保持良好气氛，另一方面，也是在顾全邢岫烟的体面。

正是王熙凤有这样一种善良，使得她对平儿的善良感到极度舒适，同时感到有面子，在她打趣了平儿的自作主张之后，又给予平儿高度肯定。王熙凤曾说："所以知道我的心的，也就是她还知三分罢了。"

看上去最为穷凶极恶的人，可能内心对善都有一种敬意和信仰。平儿近乎本能的善良，激发了王熙凤的善良，满足了王熙凤心中一种特殊的需要，也使得王熙凤对她很信任。这是平儿可以成为侍妾小老婆，成为那活下来的六分之一的缘故。

但是邢岫烟毕竟是个特例。有时候，平儿想帮助的，正是王熙凤想要消灭的，这个时候，如何选择呢？从平儿的经历看，在最艰难的情况下，唯有善良能够使她自我保全。

没错，王熙凤想要消灭的人就是尤二姐。尤二姐被王熙凤诓进荣国府这件事，跟平儿也有关系，是她听小厮说贾琏娶了新二奶奶，本能地想到要告诉王熙凤。这本没有问题，这事不比贾琏偷藏多姑娘的一缕头发，对王熙凤来说是关系到生死存亡的大事。以平儿对王熙凤的赤胆忠心，当然得告诉她。

王熙凤一听就炸了，动用手段把尤二姐诓进荣国府。尤二姐到了荣国府后，王熙凤派了自己人到她身边，从饮食到态度，对尤二姐进行各种折磨，又挑唆秋桐，也就是贾琏新的侍妾小老婆一起欺负她，尤二姐的日子非常难过。

平儿和王熙凤的矛盾自然而然地产生了。如果她选择善，势必得罪王熙凤，但她明知会这样，还是经常到尤二姐屋里去安慰她，拿自己的钱弄菜给她吃。结果被秋桐看见了，报告给王熙凤，王熙凤将平儿一通好骂，说："人家养猫拿耗子，我的猫只倒咬鸡。"

这可能是平儿和王熙凤关系最糟糕的一段时期。当初王熙凤听见鲍二家的建议贾琏把平儿扶正，气得打了平儿一耳光。这个耳光只是一时的急火攻心，待王熙凤冷静下来之后，俩人的关系迅速修复，因为她对平儿的信任还在。

这一次，平儿的做法，与王熙凤的目的背道而驰。即便平儿暂时停止对尤二姐的援助，她们之间的信任感也已经被破坏了。平儿对王熙凤的做法依然是有意见的，王熙凤也一定知道这一点。

但是，就平儿当时的处境而言，选择善良，依然是最为

明智的。王熙凤不是傻子,她清楚地知道一个善良的人,终归不会伤害到自己。她与平儿表层上的信任感虽然被破坏,深处的信任感依然存在。

相反,像秋桐这样恶毒的人,不可能得到王熙凤真正的信任。王熙凤借庸医之手打掉尤二姐腹中胎儿的同时,捎带手儿也打击了秋桐,说尤二姐会流产都是属兔的阴人冲的,大家一算,这属兔的阴人,只有秋桐。

生活并不像宫斗剧里表现的那样,若你不肯与我狼狈为奸,你就是我的敌人。人性是复杂的、立体的,尤二姐之事过后,王熙凤对平儿信任依旧,却把秋桐原路送回了。

当然,就像我们知道的那样,如果你太过善良,可能就会被人欺负。平儿的善良是柔中带刚的,自有她的一种锋芒。

小厮兴儿跟尤二姐介绍荣国府的大致情况时,对凤姐全是恶评:"嘴甜心苦,两面三刀;上头一脸笑,脚下使绊子;明是一盆火,暗是一把刀;都占全了。"而提到平儿,全是肯定:"倒是跟前的平姑娘,为人很好,虽然和奶奶一气,她倒背着奶奶常作些好事。我们有了不是,奶奶是容不过的,只求求她去就完了。"

这句话听上去好像平儿总拿原则换人情,但是我们看一看平儿处理的具体事件,就知道并非如此。

比如她处理彩云偷盗一事,既顾了情面,也对对方提出了警告。

彩云是王夫人屋里的丫鬟,脑子进了水跟贾宝玉同父异母的弟弟贾环好上了。通常影视剧里少爷和丫鬟恋爱,都是少爷罩着丫鬟,但是碰上不着调的妈养大的少爷,一切就都不同了。贾环的生母赵姨娘觊觎王夫人屋里的好东西,诸如玫瑰露之类,就求彩云偷出来送给贾环。

恋爱中的女人智商为零,彩云真的从王夫人屋里偷了不少零碎东西给赵姨娘。此事被王夫人屋里另外一个丫鬟玉钏儿发现了,玉钏儿问彩云,彩云恼羞成怒,倒说是玉钏儿偷了去。

两个人吵得阖府皆知,平儿很清楚真相是怎么回事,却又担心伤了赵姨娘女儿探春的脸面。宝玉懂得平儿的苦衷,主动要求扛了这个事,只说是他偷了去,要逗那些小丫鬟玩的。

平儿认可他的做法,但并没有到此为止,而是说:"也须得把彩云和玉钏儿两个业障叫了来,问准了她方好。不然,她们得了意,不说为这个,倒像我没有本事问不出来。就是这里完事,她们以后越发偷的偷、不管的不管了。"

在彩云等人面前,平儿告知她们这件事已经被宝玉揽下来了,但希望大家好自为之,不然她就去回了二奶奶,免得冤屈了好人。一番话说得彩云不觉红了脸,一时羞恶之心感发,主动站出来承认是自己所为。可以想象,像这样的事,在王夫人屋里是不会再发生了。

在那些管家媳妇面前,平儿一直很客气,她们给她让座递茶,她也会赔笑表示感谢。但是,同时又记得奉劝她们不要冒犯探春,当这些管家媳妇巧言令色地试图将问题推到赵姨娘头上时,平儿一针见血地指出:"你们素日那眼里没人,心术利害,我这几年难道还不知道?"又警告她们"再不能依头顺尾,必有两场气生",一番话柔中带刚,既有理解,也有震慑,难怪连宝钗都佩服平儿会说话。

就是这样一种有担当有原则的善良,为平儿赢得王熙凤信任的同时,也为她打下极好的群众基础。在王熙凤得势的时候,她能够暗地做些拾遗补缺之事,成为王熙凤酷吏式管理的润滑剂,而即便有一天,王熙凤身陷危境,平儿也能够因为善良而自我保全。世事多变,沧海转眼成桑田,唯有善良,是平儿对自己的终极救赎。

第三章 漩涡之中安放生活

也许，少女湘云的这种风骨，有模仿的成分，但这种模仿、这种将人生推向高处的选择，使她可以免于沦陷在琐屑之中。诗意本身就能够成为她的远方，使她不被现实所伤。

那些从一出生起，命运就为他们准备好了一切的人固然幸运，但真正与命运搏斗过，克服种种与生俱来的局限，最终拥有对命运的主动权的人，也许才会获得真正的光荣。

湘云：
面对苦难，战术上重视，战略上轻视

《红楼梦》里，黛玉打小命就不好，父母先后去世，她寄人篱下，每每自怜自伤。然而，不只是命运选择人，人也可以选择命运，史湘云的命运相较黛玉分明更加残酷，她却做出了不同的选择。

不同于宝黛初见时的似幻似真、宝钗出场前的细细铺垫，这位史大姑娘的来历，竟然无一字介绍。第二十回，宝玉原本正和宝钗顽笑，忽然有人说："史大姑娘来了。"宝玉听了，抬身就走。

也许在作者心中，与黛玉和宝钗不同，湘云是个一直存在的人物。和湘云实在太熟了，用不着介绍了。而读者是在许多回后，从贾母、宝钗等人的谈话间，才渐渐知道，史湘云大概是贾母嫡亲兄弟的孙女。

关于湘云的其他背景，我们只能从她的判词里去了解："富贵又何为，襁褓之间父母违。"也就是说，她还是个婴儿时，她的父母就都去世了。这可比黛玉要惨得多，毕竟，黛玉曾经深为父母疼爱，她父亲林如海甚至请了个进士贾雨村来教她读书，而湘云的记忆里，不曾存放一丝关于父母的影像。

湘云自幼跟叔叔婶子一起生活，按说史家是四大家族之一，她也是千金小姐一枚，但是在家族的末世里做千金小姐，其实是一件很尴尬的事——一方面作为千金小姐要维持着家族的体面，另一方面此时的家族财力和威望已是捉襟见肘，四面透风了。张爱玲写她在贵族学校穿继母的旧衣服，那种感受大致可以比拟。

湘云却不似张爱玲那般敏感，有次她心情好，嚷着要做东，宝钗私下里就跟她说："你家里你又做不得主，一个月统共那几串钱，你还不够使。这会子又干这没要紧的事，你婶娘听见了越发抱怨你了。况且你就都拿出来，做这个东也不够，难道为这个家去要不成？还是和这里要呢？"

宝钗的这段话里透出两个信息。第一，湘云月钱很少。

程伟元和高鹗整理出版的一百二十回的程高本《红楼梦》里写湘云的月钱是几吊钱。清朝一两银子跟一吊钱大抵相当，银子更受欢迎。探春她们的月钱也就二两银子，探春几个月时间才能攒出十来吊钱托宝玉买小玩意，而湘云若是一个月有几吊钱，应该很够使了。

脂砚斋点评本《红楼梦》写的是几串钱。"串"不是正式说法，可以是一百文，也可以是一千文。宝钗的口气，分明是在说湘云的月钱很少，估计这几串钱只有几百文。

第二，湘云以前应该跟宝钗提起过，她家长辈（宝钗话中的婶娘）很爱抱怨她花钱的事。可是偌大个史家，四大家族之一，湘云一个女孩子能花多少钱？且看人家贾府，动不动把湘云接来住不说，还有一大堆亲戚住在家中，包括像邢岫烟这样的穷亲戚。可见，同样处于下坠状态，史家下坠得要更快一点。

张爱玲说她祖母晚年节俭到草纸都要省着用，其实张家并没有落魄到那个地步，这是一种眼看着上升无望、坐吃山空的恐惧。史家应该比其他人家都更早地感觉到这种恐惧。

自幼失怙已是不幸，经济上的困窘更是雪上加霜。黛玉

可以从容不迫地吟咏她的薄命,而真正薄命如湘云者却是有苦难言。鲁迅先生说:"穷到透顶,愁得要死的人,那里还有这许多闲情逸致来著书?……高吟'饥来驱我去……'的陶征士,其时或者偏已很有些酒意了。正当苦痛,即说不出苦痛来,佛说极苦地狱中的鬼魂,也反而并无叫唤。"这话正可以概括湘云的境遇,其实能把痛苦诗意化地描述出来,恰恰说明那痛苦还不够深。

然而,不幸固然是一种摧残,处理得好了,它也可以变为一种成全。据说《红楼梦》有个旧时真本,说黛玉、宝钗先后逝去,唯有湘云和宝玉互相支撑到最后。单从情节上说,这是可能的,湘云应对苦难的能力,比黛玉、宝钗都要强,因为她能够做到两点——从战略上轻视和从战术上重视。

先说战略上轻视。

第七十六回,荣国府过中秋,那

时贾府的颓势越发分明,这个节过得好不寥落。黛玉对景伤怀,俯栏垂泪,湘云就劝她说:"你是个明白人,何必做此情形自苦,我也和你一样,我就不似你这样心窄。"

这真的是大实话。对于黛玉、宝钗和湘云来说,未来都是不确定的。黛玉不确定的是宝玉的感情和她自己的归宿,宝钗不确定的是整个家族的未来,而湘云,所有都是不确定的。而对于不确定,三个人做出的选择也不同。

黛玉是日夜忧惧,各种思量,身体每况愈下。

宝钗相对较为平静,但也是如临大敌。她自行消费降级,衣着朴素,居处简约。她哥哥弄了点稀罕东西要送她,她说,我知道自己命小福薄,不配吃这些东西。只是在帮助亲戚朋友,比如湘云和邢岫烟上比较大方。可以说,她是极尽所能地为将来的下坠做准备。

这样做也不能说不好,但是预警太早,亦是一种伤害。她的平静,是她的修养,也是她对自己的一种要求。事实上,这也说明她的内心一直处于忧虑之中。

只有史湘云,是真的没有把不确定当一回事。她对黛玉有意见就直接说出来,说完了分分钟又能跟黛玉和好。她能够做到这一点,是因为她的心常常不在当下,自有一派诗与远方。

　　她很认真地喜欢诗歌。香菱向黛玉学作诗,黛玉还不太好意思教她,大概也是怕别人觉得她把作诗看得太要紧,湘云却高了兴,没昼没夜地高谈阔论。

　　湘云大口喝酒大块吃肉,黛玉取笑她像叫花子一般不斯文,她回怼道:"'是真名士自风流',你们都是假清高,最可厌的。我们这会子腥膻大吃大嚼,回来却是锦心绣口。"那天她果然不遑多让地抢着吟诗作对,佳句迭出,自己都说是抢命。

喝多了她就醉卧花丛中，嘴里尚且喃喃不休地说着酒令。王蒙先生曾说她是"自然之子"，而我在史湘云身上看到的是魏晋之风。

也许，少女湘云的这种风骨，有模仿的成分，但这种模仿、这种将人生推向高处的选择，使她可以免于沦陷在琐屑之中。诗意本身就能够成为她的远方，使她不被现实所伤。

对诗意的追求，对湘云来说，也许是出自天性或者家族遗风。从审美情趣极高的贾母身上，我们可以看出，已经明显没落的史家，也曾是蕴藉风流。

贾母有次说起湘云的爷爷曾经有个戏班子，里面混进去一个弹琴的，普通戏班子里没有的，演起《西厢记》的《听琴》，《玉簪记》的《琴挑》，《续琵琶》的《胡笳十八拍》，这些需要用古琴的剧目，竟然像真的一样，这都侧面说明史家曾经的艺术品位。

毛姆说，阅读是一座随身携带的小型避难所。对诗意的体会与追求也是，湘云的父母虽然早逝，却无形中给她留下了一笔诗意的财富。

当然，当真正的苦难到来时，仅仅依靠情怀与乐观是不够的。还好，不幸的童年还给了湘云另外一件法宝，那就是强大的生存能力。这就是我们要说的这第三部分,战术上重视苦难。

危机意识让史家女眷不但懂得省吃俭用,而且可以自力更生、自给自足。

有次袭人提起请湘云帮宝玉做鞋,宝钗忍不住批评她:"你这么个明白人,怎么一时半刻的就不会体谅人情。"

宝钗通过各种方式掌握的信息是,湘云在家里竟一点儿作不得主。他们家嫌费用大,竟不用那些针线上的人,差不多的东西多是他们娘儿们自己动手。湘云跟宝钗抱怨在家累得很。宝钗再多问几句,湘云连眼圈儿都红了,口里含含糊糊、待说不说。

宝钗认为湘云辛苦的原因是她从小就没了爹娘,所以也能吃苦。但事实上,湘云的婶子自己也做针线活。宝钗是真心疼这个小妹妹,虽然她自己也经常自愿自发地深更半夜做针线活。按湘云奔放的性格,明显应是对女红不会有太大兴趣。

而黛玉因为被贾母疼惜,一向不怎么做这些针线事,同样是千金小姐,这差别立刻就显现了。然而,黛玉式的娇养,只适合太平盛世,她像一只过于精美薄脆的器皿,经不起世事揉搓。

史家对风险的警惕与防范，并非没有价值。一旦家族真的如大厦般倾覆，湘云会比所有人都更快地适应新生活。

因此，少年时的各种不如意，可视为命运对史湘云的特别馈赠，这馈赠到底是好还是坏，全看湘云如何选择。那些从一出生起，命运就为他们准备好了一切的人固然幸运，但真正与命运搏斗过，克服种种与生俱来的局限，最终拥有对命运的主动权的人，也许才会获得真正的光荣。

生活中不缺聪明人，缺的是有行动力、敢起头的人，思虑周全固然难得，勇于突破者才是凤毛麟角。

她更加自由，没有那么多瞻前顾后，自食其力的她，无论物质上，还是精神上，都能够自成一体，那么无常于她有何碍？在人世风浪中，她是内心笃定的勇者。

探春：
自食其力，做事的人很美

年少时读《红楼梦》，对探春比较无感，就觉得，她是一个没什么故事的人。

那时候说一个女人有故事，通常指的是爱情故事，就说曹公在第二回里所言的那些秉正邪两气的女人，如薛涛、卓文君、红拂、朝云，她们都有情事在世间流传。李清照固然有大才，如果我们无从了解她的婚姻，只看她写"我报路长嗟日暮，学诗谩有惊人句。九万里风鹏正举。风休住，蓬舟吹取三山去"这种没有性别感的句子，可能也不会像现在这么对她感兴趣。

"我爱故我在",古代女性的价值很少能够完全超越性别所带来的界定,她们大多作为男人的母亲、妻子和情人而存在,倚楼凝望、静夜相思、有钱的绣花、没钱的给衣服打补丁是她们的标准动作。

没有感情戏的探春,在当时的我看来,眼里少了点色彩。对她另眼相看是在这几年,人到中年,几经风雨,自我建设、安妥自我才是头等大事,爱情倒成了余事。再回头看探春,尽是可圈可点之处。

我曾写过一篇文章,说探春的赵姨娘有点像《金锁记》里的曹七巧,活得有点变态,这首先因为她们在豪门中处于弱势位置,其次是她们本身也弱,没有抗衡的能力。倒不是说她们不够强悍,相反,内心的不安使她们攻击性极强,尽做一些不靠谱的事,然后,一次次在更强大的力量前败下阵来。

弱者当不了好母亲。她们的弱,是一种有杀伤力有渗透性的弱,曹七巧逼儿媳自杀,破坏女儿的爱情,劝儿女抽鸦片,算是有意为之,要将儿女变成自己的同类,她就不再孤立无援。

赵姨娘倒没有那么自觉,只是有一种怨毒,体现于她日常的每时每刻。儿子贾环,深受其影响,小小年纪,就有了被迫害妄想症。比如他和莺儿下棋,输了还耍赖,莺儿说他

"棋品"不如宝玉,他一听就哭了,说都欺负他不是太太养的。

本来一件小事,就这么被贾环上纲上线,等他回到自己房间,赵姨娘是怎么教他的呢?赵姨娘说:"谁叫你上高台盘去了?下流没脸的东西!哪里玩不得?谁叫你跑了去讨没意思!"

听听这话,就是在明白无误地告诉贾环,我们是底层人物,我们总是被欺负,我们跟别人打交道,就是自取其辱。活在这样的明示暗示里,贾环能长成心理健康的男人才怪。

用现在的话说,贾环的原生家庭大有问题,我们可以为他做一点辩护。问题是,探春和他背景一样,却成长为不同的人,原因何在?窃以为,是贾环一直在做人,而探春一直在做事。

这个"做人"不是"做个人吧"的"做人",贾环倒是很需要这种劝告。这里的"做人",指的是,做一个怨气冲天的人,一个烦烦恼恼的人,给自己某种定位,然后就可以把这个定位当成温床,心安理得地坠落下去。

贾环是这样,赵姨娘是这样,曹七巧也是这样,他们的确没有被世界公平相待,内心的惰性又与之里应外合,最后成就一个那样的自我。

探春不做这样的人,她打破原生家庭魔咒的方式是,超越命运赋予她的出厂设置。

她喜欢宝玉从外面淘回来的小工艺品,很辛苦地攒钱,让宝玉帮她代购;宝玉送她荔枝,放在缠丝玛瑙盘子里,她立即能感受两者搭配的美,逸兴遄飞,以至于想出开诗社的主意;当然,最见她神采的,还是帮王熙凤代班管家那一段。

临时代班,萧规曹随即可,不出错就善莫大焉了。但是探春不这么想,她在大观园里搞起改革,要把土地承包给老婆子们。我也写过,这一节宝钗比探春想得周到,似乎更高明。其实并不是,生活中不缺聪明人,缺的是有行动力、敢起头的人,思虑周全固然难得,勇于突破者才是凤毛麟角。

而这种突破也不是探春一时慨然,在她被委以重任之前,贾母带孙子、孙女们去赖家吃饭,宝玉跟柳湘莲讨论给秦钟上坟等事,探春则跟赖家的女儿打听经营之道,这表明她一直都想做点事。

探春跟赵姨娘说:"我但凡是个男人,可以出得去,我早走了,立出一番事业来,那时自有一番道理,偏我是女孩儿家,一句多话也没有我乱说的。"从前在这里看只看出探春的无奈,现在感觉到的是探春对于建功立业的渴望,这种渴望给她勇气。

要做改革者,单靠胸口上写个"勇"字还不够,她的大刀阔斧,一定会触及到某些人的利益,总用自己的血肉之躯去抵挡,必然会死无葬身之地。好在探春还有一个特点,就是特别讲程序。

比如她娘赵姨娘被人撺掇着跑来纠缠她,要让探春给赵国基多批点丧葬费。用现在的话,赵姨娘也算一个"扶弟魔",她甚至希望探春出阁后罩着赵家。越是被娘家虐得惨的女儿,越容易成为这样的人,她们已经被驯化,而且本能地认为至亲骨肉尚待她们如此,那么外面一定更凶险了。

探春没有掉进这个烂泥坑,即便她娘又哭又闹,她还是按照程序来,并且她看出是那些管家娘子在给她下套。她跟管家娘子翻了脸,可是当丫鬟使唤她们去帮宝钗催饭时,探春又说:"那都是办大事的管家娘子们,你们支使她要饭要茶的?连个高低都不知道!"她高声叫平儿去。

这个见识不寻常，向来，领导亲信都比干活的人更有面子，探春偏要打破这个潜规则，告知那些管家娘子，你们是更重要的人，我给你们尊重，也希望你们不要做职场上的老油子；平儿虽然也是干活的，但她名义上是个侍妾，探春明知道平儿对她非常友善，就要按照程序而不是实际给她定位。

探春的程序感不只是针对别人，林之孝找探春汇报事情，探春道："怎么不回大奶奶？"林之孝家的说已经回了。探春又问："怎么不回二奶奶？"平儿说，不用回了，我等会儿回去知会一声。探春这才点头。黛玉对宝玉说："你家三丫头倒是个乖人。虽然叫他管些事，也倒一步不肯多走，差不多的人，就早作起威福来了。"

黛玉看出探春不作威作福，是好眼光，但探春无论如何不是"乖人"，倒是"不乖"的人更要讲程序，锐意进取加上照章办事，才能够立于不败之地。

探春做事本身就有可观赏性，可惜的是，在中国古典文学作品里，像探春这样爱做事、能做事的女人极少，更多女人成名，要借助与男人有关的标签。

或是痴情的恋人，或是识大体、顾大局的妻子，或是苦心孤诣要将儿子培养成栋梁的母亲，总之要成为一个男人的某某后方可谈其他，即使被赞颂的，也通常是男权框架下的各种美德，探春的铁腕与铁面，不在那个框架中。

探春更像一位现代女性,她的故事——我想说,这个"她"是一整个群体——不需要男人成就,也不需要他们去讲述。她更加自由,没有那么多瞻前顾后,自食其力的她,无论物质上,还是精神上,都能够自成一体,那么无常于她有何碍?在人世风浪中,她是内心笃定的勇者。

人人都想要掌控生活，但在完全无法掌控的世界，要想活下去，就要尝试主动地去被动生活。

香菱把自己的感情、情绪放在了一件有建设性的事情上，那就是，给自己建立一个诗与远方，作为随身携带的小型避难所。

香菱：
她的命运，就是湘云、宝钗们人生的预演

每每读《红楼梦》，都会有一种隐忧，知道这一片花团锦簇必然会被摧毁，便无法不担心那些精致、敏感的灵魂在劫难中该如何自处。

这或者就是香菱存在的意义。她的人生，可视为湘云、宝钗们人生的预演。她们所经历的苦痛虽各有不同，但可以说都是命运的飞速下坠。在被注定的下坠中，我们真的无可作为吗？那看似逆来顺受的香菱在命运的下坠中有没有尝试自救？去了解香菱，也是去了解湘云、宝钗们可能的未来。

先来看看香菱人生的"出厂模式"是怎样的。

香菱原名甄英莲，姑苏人氏，父亲甄士隐，秉性恬淡，不以功名为念，母亲情性贤淑，深明礼义。《红楼梦》中说香菱家是"家中虽不甚富贵，然本地便也推他为望族了"。

香菱的先天配置相当不错，然而天有不测风云，几世积累不及旦夕祸福。元宵节这天，家人带着英莲去看灯时，英莲被拐子（人贩子）拐走了，这年她才五岁。

到英莲再次出场，已是她十二三岁的时候了，拐子把她同时卖给了薛蟠和冯渊，而薛蟠为了争抢她，打死了冯渊，中间这许多年，英莲到底经历了什么，书中说得十分简略。

只提及这种拐子专拐幼女，养在一个僻静地方，到十一二岁，再带至他乡转卖。又说英莲被拐子打怕了，即使遇到故人，也坚持说拐子是她亲爹，被问急了，哭道："我不记得小时之事。"

幼时之事，在英莲的记忆里也许确实已经模糊，但是她的不愿提起，只怕是她已恐惧到失去求助的信念。到底英莲经历了什么，让她宁可浸泡在苦水里，也不敢发出一丝呼救，或许我们可以自行脑补。但我想说的是，英莲的成长经历，可能是一个我们的想象无法抵达的深渊。

除了成长过程中零敲碎打、持续不断的折磨，英莲更大的苦难，是身不由己，她不但无法决定自己会被拐子卖给谁，也无法决定自己的心，向谁靠近。

冯渊人品风流，对英莲一片痴心，虽然将她买去做妾，却打定主意不再娶第二个。也正是因为冯渊过于郑重，要三日之后再将英莲迎进门，才导致薛蟠介入，最后冯渊被活活打死。这样的深情厚谊，在英莲的人生里是少有的，但是冯渊死后，英莲也只能迅速接受现实，跟了薛蟠而去，改名香菱，开始没有往事的生活。

薛蟠身上最为显著的标签是粗鄙。连贾琏都叹息香菱那么个齐整模样，"薛大傻子真玷辱了她"。薛蟠是一个完全按本性生活的人，很多人最不能原谅薛宝钗之处，是她居然跟她妈建议，替她哥薛蟠向黛玉求婚，这事单是想一想都觉得不能忍。但是，香菱也曾是千金小姐，是她父亲的掌上明珠，这种人生，在她被拐卖之前也不可想象。香菱的存在，也许就是命运冷酷的提示，在这世间，没有什么不可能。

不管是有意还是无意，求生本能让香菱选择了两种应对命运的方式：第一，被动求生；第二，主动地在内心给自己建立一个小型的避难所。

先说香菱如何被动求生。

　　《红楼梦》里形容香菱,用了一个"呆"字,香菱确实经常显得很呆萌,有时甚至可以说她没心没肺。比如薛蟠定亲之后,香菱高高兴兴地跟宝玉介绍,那位夏姑娘夏金桂是如何出色,薛蟠与夏姑娘如何有缘,她自己是怎样急切地希望夏姑娘嫁过来,等等等等。连特别缺乏现实感的宝玉,都本能地意识到,香菱最强大的敌人出现了。

　　他忍不住对香菱说:"虽如此说,但只我听这话,不知怎么倒替你耽心虑后呢。"香菱听了,不觉红了脸,正色道:"这是什么话,素日咱们都是厮抬厮敬的,今日忽然提起这些事来,是什么意思!怪不得人人都说你是个亲近不得的人。"

　　宝玉好心落个驴肝肺,香菱的翻脸也有些莫名其妙。宝玉这句话问题在哪里呢?在于宝玉指出妻妾本是天敌,而香菱完全不能接受这一真相。

在当时的环境中，一个嫉妒的女人是可耻的，王熙凤的敌人常常以善妒的名头对她进行污名化。对正妻尚且有此要求，一个小妾，更只能对正室的到来表示欢欣鼓舞。只是别人的欢迎都是表面上的，香菱却要求自己表里如一，宝玉的提醒，让她觉得自己被置于道德风险之中。

问题是，香菱欢迎夏金桂，夏金桂却不打算对她示好。将生活高度地道德化和秩序化，不过是香菱的一厢情愿，她的确呆了点。

但就算她像王熙凤一样精明又能怎样？她没有王熙凤的实力，身不由己，无处可逃，这份心思给了她只是白白恐慌而已。香菱不如假设生活是有序的，每个人的所作所为都合乎规矩，这样还能给自己片刻安宁。

人人都想要掌控生活，但在完全无法掌控的世界，要想活下去，就要尝试主动地去被动生活。这话看起来有点绕，简单说，就是要完全放下自我，去逆来顺受。这意思似乎非常地负能量，然而在极端处境中，来不得半点鸡汤。香菱能够活着而不发疯，凭的，就是她一贯主动地去被动生活。

前面讲了，香菱被拐子拐走之后，真的过着"风刀霜剑严相逼"的生活，对于过往，她只能够选择遗忘。当香菱碰上一个珍惜她的冯渊时，她心头一定是有感激、有温暖的。但是，当冯渊被打死，她若再保存对他的这种感情，就会陷于危险之中。没有人能够救她，贾雨村明知道香菱是恩公的女儿，也不打算为她做任何事情。

之后香菱迅速接受薛蟠，到薛蟠调戏柳湘莲不成反讨了一顿打时，香菱把眼睛都哭肿了，显然是已把薛蟠当成了自己的男人。

"从前种种，譬如昨日死；今后种种，譬如今日生。"似这样的警句，是香菱以苦痛检验过的真理。而《红楼梦》里那些金尊玉贵的小姐们，将来要是想要活下去，只怕也要练习这种失忆的能力。抱持和怀念旧日，是人在生存得到保障之后的精神消遣，当"活着"也变成一个目标，那些属于风晨雨夕的感伤，就显得太奢侈了。

不过，如果只能这样粗糙地活着，也未免太紧绷。绷得太紧，人还有可能发疯，在大多数事情都交付给被动之后，香菱把自己的感情、情绪放了一件有建设性的事情上，那就是，给自己建立一个诗与远方，作为可以随身携带的小型避难所。

香菱在这方面最积极主动的表现就是学习写诗。这其实挺奇怪的，毕竟绝大多数丫鬟都是文盲，连王熙凤都打小不识字，而香菱不但识字，还对诗歌感兴趣，这很大程度上，怕是原生家庭留给她的记忆使然。对于过去，她可能保留着比我们能够想到的更多的记忆，只是不愿意提及。

诗歌是一条隐秘通道，用不将她刺痛的方式，将她和不能返回的过去连接在一起；诗歌也能将香菱引向秘境，她见那些少爷、小姐、少奶奶们在一起吟诗作对，宛然有另一派天地，能让人暂时忘记日常身份，心中由衷羡慕。而当她真正进入诗的领域，她发现，形式之外，里面还有一个全新的世界，让人熠熠放光，苦难可以变得悲壮，即使是凄苦之事，也能带来审美上疼痛的快感。在诗的世界里，再卑微的生命，都可以变得主动。

天分外加经历，使香菱迅速就对诗歌有了不凡的领悟。她赞美王维的那句"大漠孤烟直，长河落日圆"，说："想来烟如何直？日自然是圆的。这'直'字似无理，'圆'字似太俗。合上书一想，倒像是见了这景的。要说再找两个字换这两个，竟再找不出两个字来。"

又说"'渡头馀落日，墟里上孤烟'，这'馀'字合'上'字，难为他怎么想来！我们那年上京来，那日下晚便挽住船，岸上又没有人，只有几棵树。远远的几家人家做晚饭，那个烟竟是青碧连云。谁知我昨儿晚上看了这两句，倒像我又到了那个地方去了。"

黛玉翻出陶渊明的"暧暧远人村，依依墟里烟"给她看，说这两句更加淡而自然。"渡头馀落日，墟里上孤烟"里有一种过客感，"暧暧远人村，依依墟里烟"里却是一种归宿感。香菱这些年来身如飘蓬，纵然身在人海，亦感孤立无援，这一切使得她所爱的必然是那种空旷的句子，她列举出来的"日落江湖白，潮来天地青"亦属于这一类，在诗歌的世界里，她真正地找到了自己。

学诗，是香菱人生里一段短暂的幸福时光，我们知道，风暴很快就要不可阻挡地来临，但她读过的诗句、感受过的诗意，一定能够在某些时刻给她以支援，使她能够于泥淖里，看见满天星辰。

诗歌能够安慰香菱饱受摧残的灵魂，事实上，它能够安慰每一个人，活在这世间，没有谁是绝对安全的，对于敏感的心灵来说，每时每刻都可能会遭受巨大的风暴，而诗歌能够帮助你把所经历的种种都转化成诗意，即便是"朝扣富儿门，暮逐肥马尘"式的酸楚，它转化为诗句的那一刻，我们就把握了对于生活的主动性。

生命里总有这样那样的不得已，有些事情打光鸡血也于事无补，选择一个让自己舒服的方式，即便是短暂的麻醉，也是对自己的一种救助，我觉得这样做是对的。在可能的范围里，给自己一片诗与远方，在被动中争取一点点主动，是对自己真正的负责任，这是小小的香菱的选择，也可以给极端情境中的人以参考。

非得经历几番人生风雨之后,才知道刘姥姥那种举重若轻,是一种难得的、知行合一的天然智慧。她之所以有这种智慧,是因为她看透了人生,更看透了无常。

她对自己是谁、从哪里来、到哪里去很清楚,就没有那么多乱七八糟的情绪。她把对方哄高兴的同时,捎带把自己也哄高兴了,反倒是这样的人,更懂得感恩。

刘姥姥:
接受命运,才能对抗命运

刘姥姥是文学形象中的异数,读懂她需要很多年。

在我少年时候,对刘姥姥有一种黛玉式的鄙夷,觉得这个老太太为了打秋风穷形尽相,侮辱自己取悦他人,近乎猥琐。

这不能怪我年少无知,咱们中国的文学传统,一直都更推崇那些讲究节气与情怀的人,比如"至今思项羽,不肯过江东""君子不食嗟来之食"等佳句中,气节都被理所当然地放在生存之前,"饿死事小失节事大"虽然是对女性的要求,实际上对男性也适用。

陶渊明写过一首《乞食》:"饥来驱我去,不知竟何之。行行至斯里,叩门拙言辞……"杜甫曾为了生存与发展,低下高贵的头颅:"朝扣富儿门,暮逐肥马尘。残羹与冷炙,到处潜悲辛。"他们虽然低了头,但这些诗句里都透着自嘲,越发显得乞讨食物是一件不体面的事。所以,黛玉看到刘姥姥竟然将打秋风这件事做得行云流水若无其事,不鄙视一下是不可能的。

少年不懂刘姥姥,懂得已是过来人。非得经历几番人生风雨之后,才知道刘姥姥那种举重若轻是一种难得的知行合一的天然智慧。她之所以有这种智慧,是因为她看透了人生,更看透了无常。

刘姥姥和贾府扯上关系,也是绕了个大圈子。她女婿王狗儿的祖上,曾做过一个小京官,当年跟凤姐的祖父、王夫人的父亲认识,因贪恋王家势力,便连了宗,自认是对方的侄儿。

估计王家的这种"侄儿"不知道有多少,家业传到王狗儿的父亲这一辈,也还有些来往。二十年前,刘姥姥还带着闺女刘氏拜访过王夫人,那次拜访应该就是一次礼节性的拜访,虽然王夫人说,"也没空了他们",但那时王狗儿家的日子应该还说得过去。

二十年间，王狗儿家业日渐萧条，先是在城里待不下去，搬回了城外老家，后来乡下的日子也过得捉襟见肘，到了秋尽冬初时节，家里的冬事，比如储存大白菜、置办年货、买柴火之类，一样没办。王狗儿心中烦躁，拿家人撒气，他老婆刘氏不敢顶撞，丈母娘刘姥姥则看不下去了。

刘姥姥首先说："咱们村庄人家儿，那一个不是老老实实，守着多大碗儿吃多大的饭呢！"这是告诫狗儿要安分守己。

然后指出狗儿的问题："你皆因年小时候，托着老子娘的福，吃喝惯了，如今所以有了钱就顾头不顾尾，没了钱就瞎生气，成了什么男子汉大丈夫了！"

这意思是男子汉大丈夫应该接受现实，不要犯刻舟求剑式的错误，水已经不是那个水，你还以为剑在老地方。

当然，也并不是说日子从此就这么着了，想改变，应该利用已有的资源行动起来。刘姥姥看到一条出路："如今咱们虽离城住着，终是天子脚下。这长安城中遍地皆是钱，只可惜没人会去拿罢了。在家跳蹋也没用！"

这是刘姥姥的智慧，也是老妇人的智慧。她以无常为常态，看到的天地自然比不肯接受现实的王狗儿宽广。她能看到那个安放在荣国府的机遇，于是决定去荣国府打一场秋风。

那么,刘姥姥是如何打好这一场秋风的呢?

第一次去荣国府,刘姥姥的表现并没有太多可圈可点之处,给人的印象就是一个还算会说话的老妇人。她能够顺利拿到二十两银子,全是仗了王夫人念旧情和王熙凤那天心情不错。真正考验刘姥姥的,是她第二年秋天二进荣国府。

这一次,刘姥姥不是空着手来的,她带了一口袋的枣子、倭瓜和各种野菜之类。一见到平儿她就说,今年多打了两石粮食,瓜果蔬菜也丰盛。这说明,她这次并不是为讨钱而来,而是来感谢一下,捎带着维护关系。

但无心插柳柳成荫。贾母长日无聊,"正想个积古的老人家说话儿",就要人请刘姥姥去跟她见面。刘姥姥第一反应是拒绝,担心自己上不了大台面,但她很快找准自己的定位,了解贾母的需求,投其所好,讲了很多乡村见闻给贾母听。

贾母一向只能在家中自娱自乐,对刘姥姥所说的一切都感到新鲜有趣。不但她爱听,公子、小姐们也都爱听,刘姥姥带来的乡村故事对贾府里的人来说差不多等于一场精神上的"农家乐"。刘姥姥洞察到这一点,干脆有的没的都编出来,这个七十五岁的老太太,在荣国府上演了一场乡村脱口秀。

刘姥姥不但能说,还能演。盛宴上,贾母刚说了个"请",她便站起来,高声说:"老刘老刘食量大如牛,吃一个老母猪不抬头。"说着还把腮帮子鼓起来。众人先是一愣,随即全场爆笑,这个接地气的乡村"笑星",给他们带来了前所未有的欢乐。

但也不是每个人都感谢刘姥姥的表演,比如王夫人。虽然她当时不得不跟着贾母笑,心里却很不是滋味,毕竟刘姥姥勉强算她娘家亲戚。后来她特地给了刘姥姥一百两银子,让她以后不要再投亲靠友了。

面对刘姥姥,王夫人显然没有贾母豁达。贾母习惯于自嘲,自然觉得没什么,王夫人则一向活得紧张,把面子放在首位,便见不得刘姥姥装疯卖傻。

见不得刘姥姥这副模样的还有黛玉和妙玉。刘姥姥用过的杯子,妙玉不许拿进庙门,黛玉则给刘姥姥起了个外号,叫"母蝗虫",形容刘姥姥这一路的胡吃海塞吃相难看。她俩无法理解,夸张地表演饥饿感,是刘姥姥的生存必须。

刘姥姥是聪明人。王熙凤和鸳鸯跟她说,家中规矩,吃饭前要说"食量大如牛"时,刘姥姥就已经明白她们是在捉弄她给大家取乐。这其实有点过分,但刘姥姥想得开,"咱们哄着老太太开个心儿,可有什么恼的","不过大家取个笑儿,我要心里恼,就不说了"。刘姥姥想得开,人这一辈子,不就是笑笑人家,再被人家笑笑,何必那么当回事呢。

这是一个打秋风者的基本修养。她对自己是谁、从哪里来、到哪里去很清楚，于是就没有那么多乱七八糟的情绪。她把对方哄高兴的同时，捎带把自己也哄高兴了，反倒是这样的人，更懂得感恩。

我一直强调，我读《红楼梦》，只读前八十回，后四十回的故事讲得如何且不说，书中人的气质太差，黛玉、宝玉一个个面目全非。我有文章专门说过这点，这里且不提，只说在前八十回里，还没出现刘姥姥知恩图报的情节，但从巧姐的判词里，我们不难推断出来。

"事败休云贵，家亡莫论亲。偶因济刘氏，巧得遇恩人。"这里说得再清楚不过了，当贾家败落，王熙凤自身难保，巧姐险些被狠舅奸兄出卖时，是王熙凤救济过的刘氏挺身而出，将她从命运的陷阱里救出。此时，那些嘲笑过刘姥姥的人，怕是也不能不肃然起敬。

那么我们就可以推想，对于自己曾经的被戏弄、被嘲笑，刘姥姥是不介意的，即便是靠低下身段才换回来一点好处，她对贾府，还是只有感恩。

并不是每个人都能做到这点。就说我们前面提到的妙玉，她吃贾家的喝贾家的，但对贾家人，并不很友好。李纨说她最厌妙玉为人；黛玉尝不出是雪水还是雨水，被妙玉说成大俗人；宝玉说她分配给自己的茶碗是"俗器"，妙玉就说，

你家里未必找得出来这么一个俗器来。她始终呈现出一种高度的攻击性,也许她这种攻击性不过是要在寄人篱下的处境中,彰显自己的高贵罢了。

妙玉真有那么高贵吗?她给宝钗、黛玉她们用的茶器上,刻有"晋王恺珍玩""宋元丰五年四月眉山苏轼见于秘府"的字样,令人不明觉厉。但是,她当初进大观园,本是跟贾家采买的那些小尼姑、小戏子一拨的,只是林之孝家的跑来跟王夫人汇报,说这个妙玉声称"侯门公府,必以贵势压人,我再不去的"而拒绝进府,她的拒绝分明是一种出自寒门的敏感。

王夫人微微一笑,懂了妙玉的这份别扭,格外优待,给她下了个帖子,妙玉便回心转意,这面子也太好给了。妙玉给贾母倒茶时,和颜悦色,对贾母口味了如指掌,她也是有两副面孔的。

也许,同秦可卿屋里那些"西子浣过的纱衾,红娘抱过的鸳枕,武则天摆过的宝镜,赵飞燕立着舞过的金盘"表现秦可卿性感的器物一样,所谓"晋王恺珍玩""宋元丰五年四月眉山苏轼见于秘府"并不能当真,只表现了女文青妙玉的矫情。

元丰二年,苏轼因"乌台诗案",被降职为黄州团练副使(相当于现代民间的自卫队副队长),元丰五年,他的积蓄已花得差不多,带着全家开荒种地,哪还有心思赏玩什么茶杯。作者把这个特殊的时间点出来,用意十分明显了。

妙玉是刘姥姥的反面。她无法把生活捋顺,也不能把自己捋顺。一旦有求于人,心里先生出几分郁郁不平,要以自己的攻击性,来证明自己并没有低下头去。

恕我直言,这种情形在知识分子中非常多见。受人恩惠对他们来说是天经地义的,知恩图报在他们看来姿态太低,妙玉如此,贾雨村如此。更糟糕的还有恩将仇报者,明明是他们自己需要帮助,却暗中视这种帮助为一种羞辱,恨自己的恩人。

刘姥姥有良好的心态,是因为她曾从高处跌下来,经过事,吃过苦,她以平常心去看世间沉浮,就不会因他人的嘲笑、看轻而受伤。她能够透过现象看本质,看到她被贾府救济这件事的本质,当巧姐落难,她出手相助,都是很自然的事,她知道这只是无常世间人们的互相救济。

接受命运,并不意味着逆来顺受,无视嘲笑,也并不说明就没皮没脸。刘姥姥对待苦难自有她的抵御之道,也知道所谓颜面应该在哪些地方要。别人不懂没关系,生活总会教他们懂得。

第四章 大观红楼中有玄机

黛玉是有情人，她渴望感情，像沙漠里的人渴望水，宝钗是智者，她经常对人施以援手，但这和感情无关。

宝钗不想收买人心，相反，她最怕的是人心，人心就是分别心，长期服用冷香丸来消灭胎里带来的"热毒"的宝钗，不想跟任何人以心换心。

宝钗和黛玉的友谊可以天长地久吗？

（一）

刘姥姥二进荣国府，给贾家上下带来无尽欢乐，这是她自己也知道的。她不知道的是，她的到来，还无意中促成了宝钗和黛玉化敌为友。

当时贾母大摆筵席，招待这位来自乡间的朋友，席间要说行酒令，黛玉脱口说了个"良辰美景奈何天"，这是《牡丹亭》里的句子。接着来了句"纱窗也没有红娘报"，这又

说到《西厢记》上去了,宝钗默默看了她一眼,黛玉没留心。

等到刘姥姥走了,宝钗把黛玉唤到无人处,冷笑道:"好个千金小姐!好个不出闺门的女孩儿!满嘴里说的是什么?你只实说便罢。"

这口气里有玩笑成分,黛玉却不想跟她开玩笑。宝钗没来之前,黛玉虽说是寄人篱下,但外婆贾母万般疼爱,"寝食起居,一如宝玉。迎春、探春、惜春三个亲孙女倒且靠后"。宝玉和黛玉的关系也比别人更为亲厚,黛玉的日子,不能更顺心遂意了。

忽然来了这个薛宝钗,"行为豁达,随分从时,不比黛玉孤高自许,目下无尘,故比黛玉大得下人之心。便是那些小丫头子们,亦多喜与宝钗去顽。因此黛玉心中便有些悒郁不忿之意"。

不能怪黛玉敏感,她自小屡经丧失,母亲,父亲,家园,她太害怕失去了,像一只小兽,警惕地守护着自己的地盘，把宝钗视为天然的敌人。

她时不时地总想挤兑宝钗一番，比如那次宝玉将宝钗比作杨妃，说她"体丰怯热"，黛玉"听见宝玉奚落宝钗，心中着实得意"，还想"搭言取个笑儿"，却被宝钗看出来，不动声色地将他两人一番敲打，弄得宝玉、黛玉都红了脸。

这次黛玉也不想让宝钗占上风，心里犯嘀咕，话却说得尖刻："我何曾说什么？你不过要捏我的错罢了。"虽还是玩笑，但口气里的不友善是明显的。

宝钗便不客气了，向她请教昨儿的宴席上，她说的都是什么。

黛玉忆起昨天的失言，不由红了脸，上来搂着宝钗撒娇："好姐姐！原是我不知道，随口说的。你教给我，再不说了。"

要说黛玉也真是能伸能缩之人，前面那么强硬，忽然服软也没有在怕的。宝钗见她羞得满脸飞红，不再往下追问，开始跟她谈读书这件事。

宝钗的谈话很有技巧，若是她上来就对黛玉指手画脚，说你应该怎样不应该怎样，估计黛玉当时纵不好说，心里还是会不爽宝钗的居高临下。宝钗先交底，告诉黛玉，这些书，自己小时候和族中兄弟姐妹也曾看过，后来大人知道了，打的打,骂的骂,烧的烧,才丢开了。

不过宝钗说这个话,不是拉黛玉一起控诉大人的蛮横,是为了引出下面这段话:

> 所以咱们女孩儿家不认字的倒好。男人们读书不明理,尚且不如不读书的好,何况你我?连做诗写字等事,这也不是你我分内之事,究竟也不是男人分内之事。男人们读书明理,辅国治民,这便好了。只是如今并不听见有这样的人,读了书,倒更坏了。这并不是书误了他,可惜他把书糟蹋了,所以竟不如耕种买卖,倒没有什么大害处。至于你我,只该做些针黹纺绩的事才是;偏又认得几个字。既认得了字,不过拣那正经书看也罢了,最怕见些杂书,移了性情,就不可救了。

这段话一向深为广大读者诟病。首先"所以"二字从何而来?大人就天然正确吗?其次"读书写字非你我分内之事"这种话,翻译一下,不就是"女子无才便是德"?后面又说男人读书明理,"辅国治民,这便好了",未免把读书看得太功利,自娱自乐不行吗?什么叫"竟不如耕种买卖",宝姐姐心中的人生,是不是太骨感了?

奇怪的是,黛玉未做任何反驳,只是垂头吃茶,如果说她这是被宝钗拿了错,不敢作声,书中又有"心中暗伏"四个字，说她"只有答应'是'的一字"。

黛玉真的很服宝钗这一套吗？当然不是。黛玉仍是那个黛玉，她服气的，是宝钗待人之诚。她后来直言不讳地对宝钗说，自己最是个多心的人，从前只当宝钗心里藏奸，又说，若是你说了那个话，我再不放过你的。

这话也真叫敞亮。都是肉体凡胎，谁没点毛病呢，差别在于，有人会自我反省，偶尔急不择言，但不会处心积虑；有人则永远觉得都是别人的错，怨气消化不了，憋成一肚子坏水。

黛玉还跟宝钗说："我母亲去世得早，又无姊妹兄弟，我长了今年十五岁，竟没一个人像你前日的话教导我。怪不得云丫头说你好。我往日见他赞你，我还不受用；昨儿我亲自经过，才知道了。"

我们可能会觉得宝钗这段话迂腐又反智，但黛玉感觉到的，却是真诚的关心。《西厢记》《牡丹亭》都是至情至性之作，能够感发内心的热情，可在那个时代，不合时宜的热情，会将人引向毁灭，这一点，黛玉比谁都清楚。

之前她隔窗听到宝玉说"林妹妹不说这样的混账话"，喜悦之余，亦有惊骇，"所惊者，他在人前一片私心称扬于我，其亲热厚密，竟不必嫌疑"。等到宝玉跟她诉肺腑时，她更不敢面对，头也不回地去了。后来宝玉让晴雯给她送手帕，黛玉一边感动，一边"再想令人私相传递与我，又可惧"。她看重、珍惜和宝玉的感情，但心里也不是不害怕的。

所以，她明白，只有真正关心她的人，才会这样劝她。

外人会为你的自我放飞鼓掌点赞，而真正关心你的人，才会在乎你是否安全。宝钗老母亲式的苦口婆心，在宝玉那里碰了一鼻子灰，孤单成长的黛玉，对于这种絮叨，却有着发自内心的渴望。

（二）

有阴谋论者认为黛玉还是太天真，宝钗这一系列操作是收买人心甚至是不安好心。有次我去某校开讲座，有学生问："第五十二回，黛玉说她昨儿夜里只睡了四更一个更次，那正是在宝钗给她送燕窝之后，到底是燕窝有问题，还是那附带的洁粉梅片雪花洋糖有问题？"

让我怎么回答？《红楼梦》并不是《甄嬛传》啊。最后，我说，你的提问越发坚定我的一个认知，绝不要送人食物。

不过，即便我认为宝钗和黛玉当时是真心相待，也不相信这友谊就能天长地久,倒不是因为她们之间还隔着一个宝玉,而是在她们两次交心的现场,你能看出,黛玉的热诚与宝钗一直试图控制节奏的冷静,对比十分鲜明。

且说第一次,黛玉虽被宝钗一番话劝得低了头,心里却是飞扬的,开出似锦繁花。李纨的丫鬟过来请她们去稻香村,在稻香村,黛玉奉献了她在全书中最为活泼的表现:讽刺刘姥姥是"母蝗虫",打趣惜春不合群想躲起来"慢慢地画",又"攻击"李纨带她们大顽大笑,笑话宝钗开了张"嫁妆单子"……

黛玉是彻底地放飞了,快乐喷薄而出,宝钗开玩笑要拧她嘴,黛玉说:"好姐姐,饶了我吧!颦儿年纪小,只知说,不知轻重,做姐姐的教导我。姐姐不饶我,我还求谁去?"

等到宝钗放了她,黛玉又说:"到底是姐姐,要是我,再不饶人的。"这当然还是借题发挥。

宝钗怎么回答的呢,她说:"怪不得老太太疼你,众人爱你伶俐,今儿我也怪疼你的了。过来,我替你把头发抿一抿。"

这话是什么意思?是宝钗想把黛玉浓度过高的感情稀释一下,点出大家都很爱你,我不过是随大流罢了。只是话说得委婉,非但不得罪人,还像是在恭维。要帮黛玉拢头发,

算是对黛玉的热情有了个回应,又能够终止黛玉没玩没了的抒情,不可谓不高明。

两人的差别在这里体现,黛玉是有情人,她渴望感情,像沙漠里的人渴望水,宝钗是智者,她经常对人施以援手,但这和感情无关。

我曾多次写过,宝钗早就一叶知秋地感觉到家族下坠的态势,衣食住上都消费降级,她的帮助别人,比如给初入荣国府没人待见的邢岫烟赎棉衣,也是她过冬计划的一部分:在坠入窘境之前,尝试着将那窘境建设得更好一点。就像如今的中产,为底层奔走呼吁,未必是希望有所回报,只是底层过好了,自己也就免于下坠的恐惧。

宝钗理性地、没有分别心地善待每个人,黛玉的热切回应,似乎让她不安。接下来的章回里,我们不难看出,宝钗在继续帮助黛玉的同时,也在用她的方式,试图与黛玉拉开距离。

第四十五回,宝钗建议黛玉每天早晨吃碗燕窝粥,黛玉掏了心窝子,说她在荣国府其实处境尴尬,"我是一无所有,吃穿用度,一纸一草,皆是和他们家的姑娘一样,那起小人岂有不多嫌的"。请大夫熬药,人参肉桂已经闹得天翻地覆,她不想再无端生事,让人家咒她了。

要强的黛玉,在宝钗面前说出这个话非常不易,她自己也说,若不是经了前面那些事,这个话,她再不肯对宝钗说出来。奇怪的是,聪敏的宝钗,竟然无法领略到黛玉的苦心,反倒说:"这样说,我也是和你一样。"

她们怎么能一样?就像黛玉说的那样,宝钗有母亲有哥哥,"这里又有买卖地土,家里又仍旧有房有地","不过是亲戚的情分,白住了这里,一应大小事情,又不沾他们一文半个"。她跟"无依无靠投奔了来的""一无所有"的黛玉可太不一样了。

一向最能够洞察他人心理的宝钗,在这里惊人地缺乏同理心,她甚至对着倾诉肺腑的黛玉开起玩笑:"将来也不过多费一副嫁妆罢了,如今也愁不到这里。"

幽默是深情的天敌，是对深情的阻击。宝钗把黛玉的肺腑之言说成是愁将来的嫁妆，未免轻浮，每次看到这里，我都忍不住替黛玉不值。

宝姐姐这是怎么了？我要到很久之后，才明白她是故意的，这仍然是对黛玉过于浓稠的感情的稀释。宝钗不想收买人心，相反，她最怕的是人心，人心就是分别心，长期服用冷香丸来消灭胎里带来的"热毒"的宝钗，不想跟任何人以心换心。

像邢岫烟那样的受益人跟宝钗最相宜，心怀感激而不亢不卑，湘云也不错，到处跟人念她的好，成为她的头号粉丝，她们都没有近乎孤注一掷的深情，不会让宝钗感到压力。

只有黛玉，她孤僻淡漠的另一面，是排山倒海般的感情，激荡、澎湃、奔放，宝玉最懂其中滋味，也最乐于背负。宝钗却是不愿意的，因此她在向黛玉表达善意的同时，时刻注意拉开距离。

黛玉不乐意了，说，人家把你当成个正经人，把心里的烦难告诉你，你反而拿我取笑。宝钗这才朝回拉一些，说我在这里一日，与你消遣一日，你有什么烦难，只管告诉我。然后又说她家里还有些燕窝，回头送给黛玉。

黛玉很感谢，说："东西事小，难得你多情如此。"宝钗的回答大可玩味："这有什么放在口里的！只愁我人人跟前失于应候罢了。"

"只愁我人人跟前失于应候"，这意思是，可惜大多数人她都顾不上。黛玉明明在感谢她的"多情"，宝钗这一句话，又把范围扩大了，她不是只对黛玉好，她想对所有人都好。黛玉跟宝钗谈感情，宝钗跟黛玉谈理想，两个语码不同的人，真没法再谈下去，宝钗到这里也就告辞了。

宝钗离开时，黛玉说"晚上再来和我说句话儿"，宝钗答应着便去了。但我们知道，这个晚上，她一定不会再来了。

宝钗不是史湘云，高兴起来能够昏天黑地没日没夜的厮混，也不是林黛玉，会毫无保留地发展和付出感情，她理性、节制，总是很好地掌握着生活节奏，这可能也是宝玉每每为宝钗的肉身心动却无法与她灵魂共鸣的缘故。

（三）

宝钗刚进荣国府时，宝玉跟黛玉更加亲厚，却并不是情有独钟，书中明确地说："那宝玉亦在孩提之间，况且天性所禀来的一片愚拙偏僻，视姊妹弟兄皆出一意，并无亲疏远近之别。其中因与黛玉同随贾母一处坐卧,故略比别的姊妹熟惯些。"

也就是说,那时候,宝玉只是觉得黛玉略"熟惯些",还想不到与她同生共死这件事上。正处于青春躁动期的他,四处留情,对秦可卿生出绮念,睡在她屋里都要做场艳梦,后来遇到个村姑"二丫头"也要"以目送情",怪不得黛玉总是不放心。

但随着时间的推进,宝玉的感情一点点向黛玉倾斜,并非他自己说的"疏不间亲,后不僭先",他的的确确"被个黛玉缠绵住了"。

黛玉长什么样,书里没有说,只说她"两弯似蹙非蹙罥烟眉,一双似喜非喜含情目",杨绛认为这一描写是《红楼梦》里的败笔,说:"'一双似喜非喜含情目',深闺淑女,哪来这副表情?这该是招徕男人的一种表情吧?"

也难怪杨绛火大,我也曾见过那种长着"似喜非喜含情目"的女孩子,非常受异性欢迎。她们不见得有一双大眼睛,但善于表达。"似喜非喜",是一种似有还无的情意,仿佛对你芳心暗许,却又如云雾缥缈恍惚,总之,让你捉摸不透而又欲罢不能。

《围城》里的唐小姐,正有着这样一双"似喜非喜含情目"。她灵动的眼神,时刻在赞赏与讽嘲间变幻,难怪性子很丧的方鸿渐都要为她神魂颠倒。

黛玉的眼睛太性感了,连薛蟠见了她的"风流婉转",都要"不觉酥倒"。这种描写虽然很像恶搞,也可见黛玉的杀伤力。

杨绛对黛玉的表现也不满,说第十七回中"黛玉冷笑道:'我就知道么,别人不挑剩的,也不给我呀。'林姑娘是盐课林如海的女公子,按她的身份,她只会默默无言,暗下垂泪,自伤寄人篱下,受人冷淡,不会说这等小家子话"。

这样看来,倒是贾迎春更符合杨绛的标准,只是,黛玉若是这样一个受气包,这部书还有什么光彩?黛玉之美,就美在她总是不太记得自己的身份,她只是一个真的人。

她不可避免地有着许多小毛病,比如元春省亲那回,她存心大展奇才,将众人压倒,不想贾妃只要大家做一首诗,黛玉"倒不好违谕多作,只胡乱作一首五言律诗应景罢了"。

每次看到这段都要笑,这就是知识分子幼稚病,把自己的才华看得比天大,但人家领导却不过走个过场。尽管黛玉胡乱作的五言律诗也很出众,元春也觉得她和宝钗"比别姊妹不同,真是娇花软玉一般",但端午发放节礼,还是让宝钗和宝玉一等,黛玉和探春她们一等,这事就如领导知道你样样都出众，但那又怎么样？他还是要按照自己的布局来走棋。

扯远了，总之，黛玉的毛病，可不止杨绛挑出来的那一点。她尖刻、多心、爱出风头，但这些毛病全面暴露，就是因为她喜欢表达，善于表达，杨绛心中的大家闺秀，是像宝钗或者王夫人这样，不能轻易表达的。

在宝玉面前，黛玉表达得尤其充分。她吃醋、哭闹，有时近乎胡搅蛮缠，让宝玉要打叠起千百种温存，喊上千万遍好妹妹才好，有时也把局面弄得十分狼狈，困苦不堪。但宝玉也因此获得被爱的感觉。

更何况，正哭着闹着，她忽然说："你只怨人行动嗔怪你，你再不知道你怄的人难受。就拿今日天气比，分明今儿冷得这样，怎么你倒反把个青肷披风脱了呢？"这样的温柔，简直能杀人。

下雪天她会亲手仔细地帮宝玉戴斗笠，风雨夜她能注意到宝玉的灯笼不够亮，将自己的玻璃绣球灯取下来递给他；宝玉挨打，宝钗不过哽咽一声，黛玉早就把眼睛哭得像个桃子。即便不算她和宝玉三观相似这一点，单是这种不加掩饰的情意，都注定黛玉会成为宝玉睡梦里也忘不了的人。

(四)

黛玉不大会跟人一见如故,她要有个漫长的观察、琢磨期,甚至有个否定再否定的过程,可一旦她接受了你,就会完全接受,她的热情如浩荡江河,奔流而来,也总要表达出来。

湘云喜欢宝钗只是说,我要是有宝姐姐这样一个姐姐就好了,而黛玉则真的将宝钗当亲姐姐待,她对着薛姨妈喊"妈","赶着宝琴叫妹妹,并不提名道姓,直是亲姊妹一般"。在宝玉面前,亦赞宝钗"真是个好人",还反省自己"我素日只当她藏奸"。

第五十九回,薛姨妈受贾母之托,住在潇湘馆里照顾黛玉,黛玉早起晨妆,莺儿奉宝钗之命找她讨蔷薇硝,黛玉说:"你回去说与姐姐,不用过来问候妈了,也不敢劳她来瞧,我梳了头同妈都往你们那里去,连饭也端了那里去吃,大家热闹些。"

我的天,黛玉不是最不爱热闹的吗?不是喜散不喜聚,说有"聚就有散,聚时欢喜,到散时岂不清冷"的吗?这回子连早饭都要端到宝钗住的蘅芜苑去吃,可见她有多么享受这亲情。

反观宝钗，倒一直淡淡的，极少回应，像一台中央空调，一如既往将她的温暖均匀地撒播四方。王夫人抄检大观园之后，她二话不说就搬了出去，连湘云都怪她"姊妹天天说亲道热，早已说今年中秋要大家一处赏月，必要起社大家联句，到今日便弃了咱们，自己赏月去了"。

宝钗这样的女子，在现实中也能够见到，她们出手慷慨，处事妥帖，情绪永远稳定，会在合适的时刻，对你施以援手，让你由不得地想要靠近。待到近前，你才会发现，你以为的友谊，在她们看来不过只是社交。

如若你是一个对于感情总有着排他性需求的人，可能就会生出淡淡的失落感；若是你的内心原就很有几分孤傲，即便是友谊，也不肯轻易许人，更难免产生某种落差。而黛玉，就是这样的一个人，她对宝钗单方面保持的友谊能够长久吗？我很怀疑。

即使有那样的一腔热忱支撑着，让她能够对自己解释宝钗的一切，但是心较比干多一窍的她，也许还是渐渐能够看出，宝钗与她，终究不是一种类型的人。在表达感情的方式上，有所差异的确能够互补，但若是两人对友谊的理解根本不同，也许，最后还是会在心中默默道别。

只是那种熟悉后的疏离，不同于曾经的敌意，远远的，还是可以留有一份相知。更何况，早逝是黛玉一开始就被揭示的命运，死亡在前，能够消解许多执着，我总相信，黛玉离去之时，对一切都已释然——是的，我不喜欢那个惹无数人泪下的"焚稿断痴情"，在八十回《红楼梦》里，我看得见黛玉这一路心境的逐渐开阔，并以这种开阔的心境面对爱和友谊。

不管这两人友谊的走向是怎样的，曾有过的这一段温暖，能够让我们看到黛玉更多，这已经非常好；而宝钗待人那种温暖的"无情"亦未尝不可，这是她的一种追求，是她于困境中的自我救助。两个情性完全不同的人，能相互陪伴这一段，有这样一种交集，已是人生的动人处。

她有一种精神上的开放性，虽然世故，却对这个世界保持着不无天真的好奇。正是这种好奇，使她在不是特别影响她自身利益的事情上，仍保有一种基本善意。

他们的感受力，将人生的每时每刻都变得摇曳多姿，虽然他们难免也为这摇曳多姿的一切终究坠入无常而伤感，但这一生到底是充分地、结结实实地活过、爱过、燃烧过，已经是令人向往的人生。

心狠手辣的王熙凤为什么还有人喜欢？

王熙凤以心狠手辣著称，八十回里干了不少坏事，但她的读者缘却不错，尤其是这几年，很少听到有人说不喜欢她。

这大概是有些原因的。首先，除去强行拆散金哥与守备公子一事，她的大部分作恶多少有点防卫过当的性质，而金哥这对小情侣的死，也非必然，不是她一开始就能预知的。

另一方面，在作恶的同时，她还是一个富有个人魅力的人，甚至可以说是一个光芒四射的人。我最喜欢她的地方在于，她有一种精神上的开放性，虽然世故，却对这个世界保持着不无天真的好奇。正是这种好奇，使她在不是特别影响她利益的事情上，仍保有一种基本善意。

比如那次她奉旨查抄大观园。对于这种不着调的事儿，她心不甘情不愿，对挑唆王夫人发出这种指令的王善保家的，她内心不无厌恶。因此，查到王善保家的外孙女司棋的箱子时，她怀着某种可以让人理解的恶意，特意留神要看里面有没有私货。

可巧就有一双男子的锦带袜并一双缎鞋被周瑞家的发现了。随后又发现了同心如意和情书，司棋和表弟潘又安的私情暴露于天光之下。除去王善保家的之外，这个抄检小组的其他人都非常开心，王熙凤更是带头拿她取笑，众人笑个不停。

就在这种气氛中，王熙凤发现司棋低头不语，并无畏惧惭愧之意。用现在的眼光来看，司棋和潘又安的爱情当然没什么可耻的，但在当时，在众人的羞辱中，她能够如此坚定而无畏，着实难得。若是王夫人看到这一幕，肯定要骂她寡廉鲜耻，但王熙凤的反应却是"倒觉可异"。

这四个字里有探究的意思。探究意味着对这件事她不打算粗暴地予以定性。纵然她并不明白司棋在想什么，却是把这个丫鬟当人看的，这不可谓不是一种平等心。

并不是每个人都有这种建立在平等心上的对他人的兴趣。比如说王夫人,我从不觉得她有多歹毒,有些事情的发生她自己也始料未及,在我看来,王夫人最大的问题是缺乏对他人的兴趣,甚至于她连对自己的兴趣也没有。她始终记得的,就是自己的身份地位,跟王熙凤的谈话也往往是"你是大家小姐出身"之类。她的思维和语言,都不超出这个范围。

她时常行善,但她的行善却像是一种例行公事,只是要把行善这件事完成,其间并不掺杂个人温度。第二十八回,她问黛玉:"大姑娘,你吃那鲍太医的药可好些?"也算是一种关心了,未必是虚伪,但无论是称呼还是口气都透着生分。

等到黛玉回答了她,她便没有更多话说,再加上宝玉插科打诨,她的注意力迅速转移到宝玉身上,只觉得自家小儿无赖可喜,这个话题也就这么结束了。

这样的场景很眼熟。在一些场合,你会碰到一些人客气地嘘寒问暖,尤其爱问候你爸妈——可能是这话题最现成吧,张口就来,不用动脑筋。

你若是认真回复你就输了。你会看到,他们的眼睛已经转向别处,因为关心或是寒暄的任务已经完成,可以将自己的城门关闭了,或者,这城门只是假装开启过。

后来黛玉跟王夫人撒娇,拉着王夫人说宝钗不替宝玉圆谎,宝玉支吾着自己。王夫人没有回应她,只是对宝玉说:"宝玉很会欺负你妹妹。"似乎想用一句不太有色彩的话,敷衍掉这个娇滴滴的小姑娘,不想掺和进她的游戏里。

不能说王夫人对黛玉有多大恶意,她的身份不许她对丈夫的外甥女存有恶意。她被自己大家闺秀的理念拘着,一向对自己要求严格,不该说的话不说,不该转的念头不转,还真不像邢夫人、赵姨娘那么"真性情"。但她对黛玉没有兴趣是真的,仅用一个中年贵妇的眼光来打量黛玉,她的娇俏可爱也算不上什么优点了。

王熙凤则不同,她的世界是开放性的,对他人具有感受力。刘姥姥一进荣国府时，王熙凤虽然对这穷老婆子不怎么看得上眼，还是在给了她二十两银子之外，又另外给了她一吊钱，让她雇个车坐回去。蒋勋说这一吊钱里的善意，比那二十两银子还要多，因为她想到了若只是给刘姥姥二十两银子，他们祖孙俩大概就要走回去。其实王熙凤的善的背后，正显示出她对他人生活敏锐的感受力。

后来她请刘姥姥给巧姐起名字，说"你们是庄稼人，不怕你恼，到底贫苦些，你贫苦人起个名字，只怕压得住她"。这个说法也许早已有之，但也得看王熙凤信不信。王熙凤信了，她信的其实不是刘姥姥，是苦难的力量。事实上，后来刘姥姥能够奋勇地救助巧姐，她身上那种知恩图报和不惜力，也正是贫苦人所具有的美好品格。

王熙凤非凡的感受力，让她成为一个虽然有时心狠手辣，但底色仍然温厚的人。比如王熙凤对邢夫人这个不省事的婆婆一向很戒备，连带着她对邢夫人的侄女邢岫烟不感冒。

邢岫烟刚进贾府时，王熙凤想的只是怎么安排邢岫烟可以免责。然而日子久了，她看出邢岫烟是个可人疼的人，时时照顾她。平儿才敢不打招呼就把王熙凤的衣服拿去给邢岫烟，而王熙凤听了也很欢喜。

还有她特别不喜欢赵姨娘，却能够对赵姨娘的女儿探春另眼相看。这且罢了，探春大张旗鼓地搞改革，换个心窄的人，会觉得探春在逞能，要把自己比下去。平儿都注意到，特意话里话外帮王熙凤争回点面子。王熙凤听了倒不介意，还特地叮嘱平儿，别因为怕自己没脸，就和探春犟起来。

这些都反映了王熙凤的大气。她的大气和她敏锐的感受力有关。她能够迅速认识到对方的本质，感受到他人比较完整的世界，即便一开始认识出现偏差，也能够及时加以校正。

但是在王熙凤认为至关重要的事情上，王熙凤就完全关闭了自己的感受力。比如尤二姐事件。尤二姐是懦弱好掌控的人，初次见面，尤二姐被王熙凤忽悠得一愣一愣的，都哭了，"认作她是一个极好的人，小人不遂心诽谤主子亦是常理，故倾心吐胆，叙了一回"。

这说明王熙凤讲的故事，尤二姐听进去了。王熙凤却不能把尤二姐的"倾心吐胆"听进去。战斗已经打响，她不能把尤二姐当成一个人，必须把她当成一个"敌人"，就像那种作为靶子的假人，只要知道它是自己的目标就行了。一旦了解了对方的过去，知道对方的委屈辛酸，接受对方现在的示弱示好，还怎么下手？不如从一开始就彻底屏蔽。

非但如此，战斗中的她几乎对全世界都关闭了感受力。在她眼里，贾琏只是一个容易被摆布的丈夫，平儿是一只"不捉耗子只咬鸡"的猫。

　　她托人带话给尤二姐之前的未婚夫张华,让他告贾琏在国孝、家孝期间偷娶。张华原本不敢,王熙凤急了,说:"便告我们家谋反也没事的。"

　　的确,这在当时可能不算什么事,但是在贾家失势之后呢?一旦该事作为旧账被翻出来,各种证据可都是现成的。

　　王熙凤的判词里有一句"机关算尽太聪明,反误了卿卿性命",我总怀疑就与这件事有关。贾家败落之后,清算他们的官员绝不会手软,再加上王熙凤以前老借贾琏的名义贪赃枉法,最后把她的"卿卿"贾琏给作死了。

王熙凤当时说贾蓉做事顾一不顾二，其实她自己才是。最令人发指的是，她看张华没有勇气再跟贾琏为敌，担心他会出卖自己，竟然叫心腹旺儿去把他弄死，旺儿都觉得这样做太过分。王熙凤这心狠手辣也是没谁能比了。

当一个人失去感受力会怎样？有一类人是变得乏味，像王夫人这样的中年妇人是一种，会在整场饭局中讲述自己经历的中年男人也是一种。他们对外界不吸收，与他人没有互动，口中津津乐道的经历都很俗套。他们中有人全场眼高于顶，有人则认真盯着你的眼睛，认为会看到该得的膜拜。

另外还有一种特别美的年轻女人，可能她们从小就不需要感受力，后来这感受力就更加稀薄，她们有时候会显得做作，但这让她们更加受欢迎。

另一类人则会变得狠辣，将对手视为非人类，将世界变成非人间。比如被冒犯的王熙凤。

充满感受力的人，是真善美的集合。比如黛玉，她对落花与燕子都有怜惜，耳边飘过一句戏词都能入心，因了宝钗的一番话，她就深刻地自我反省，从此待宝钗如亲姐妹一般；再比如宝玉，会牵挂画上的美人，体谅刘姥姥生计，艰难地帮她跟妙玉索要茶杯，看到美好的人就不胜欢喜，发现不爱搭理自己的龄官爱着贾蔷，他不仅不怒反而进入深刻的思考……

他们的感受力，将人生的每时每刻都变得摇曳多姿，虽然他们难免也为这摇曳多姿的一切终究坠入无常而伤感，但这一生到底是充分地、结结实实地活过，爱过，燃烧过，已经是令人向往的人生。

那么，感受力只是一种天赋吗？可以后天培养吗？我觉得可以。首先，可以训练打开自己的能力。在对别人下判断时，若是火冒三丈或是怨气冲天，请立即对自己喊停，试着用一个你觉得感受力比较强的人的眼光，打量一下这个时刻，也许就会有新的角度，生成新的态度。经常做这种训练的话，即便你钻进了牛角尖，也会很快走出来。

另外，就是要多阅读。阅读能够启发我们不断切换视角，在不同的世界里穿梭，提升理解能力，与现实保持某种间隔感，更好地吸收新鲜事物，而不是画地为牢，将自己一直囚禁在有限的见识里。

王熙凤不得不存着深刻的不安全感,而解决这种不安全感的唯一方式,就只剩下控制权力。

是他自己的种种荒唐,让王熙凤失去安全感;他的懒散,他的丧,让王熙凤越来越紧地把权力控制在自己手中……弄到这一步自是必然,他如此怨怒的原因,在于尤二姐的死,明晃晃地宣告了他的失败,他是一个无能的人。

这对恩爱夫妻
为何最终恩断义绝?

王熙凤和贾琏,一出场时是妥妥的人生赢家,高富帅和白富美的结合,颜值高、家世好、感情也不错,第十六回里,他们首次正式同框就已显示出,是一对很恩爱的小夫妻。

第十六回,贾琏从苏州回来,正赶上元春被封为贤德妃,全家上下都感到与有荣焉,王熙凤更是喜气洋洋,见到贾琏口齿越发伶俐:"国舅老爷大喜!国舅老爷一路风尘辛苦。小的听见昨日的头起报马来报,说今日大驾归府,略预备了一杯水酒掸尘,不知赐光谬领否?"

这段文绉绉的台词是不识字的王熙凤从戏里学来的吧,凤姐高兴起来也是戏精本精啊。

贾琏没有这般好口齿,但也算知情识趣,笑着回答:"岂敢岂敢,多承多承。"

王熙凤说起她帮宁国府管家之事,这本是她的得意事,却被自个描述成这样:"被我闹了个人仰马翻,更不成个体统,至今珍大哥哥还抱怨后悔呢。你这一来了,明儿你见了他,好歹描补描补,就说我年纪小,原没见过世面,谁叫大爷错委她的。"

明明是只老虎,为什么要装病猫?因为病猫比老虎可爱啊。王熙凤撒娇也是有一套的。

正说着，贾琏的奶妈赵嬷嬷来了。王熙凤对这位奶妈很亲热，一口一个"妈妈"，让她上座，又特意叫人端合乎赵嬷嬷牙口的火腿炖肘子上来，当然是给贾琏面子。赵嬷嬷很领情，也很会说话，三个人抚今追昔，将这顿晚餐吃出了暖融融的亲情感来。

然而，就在这一片和谐之下，也有不和谐的暗流。王熙凤张罗着帮赵嬷嬷的儿子谋个差事，对贾琏说："你疼顾照看他们，谁敢说个'不'字儿？没的白便宜了外人——我这话也说错了，我们看着是'外人'，你却看着'内人'一样呢。"

王熙凤这话啥意思？直指贾琏的作风问题。她这还不是在玩谐音梗，因为贾琏的回应是"讪笑吃酒，说'胡说'二字"，听着就很心虚，贾琏极有可能曾被王熙凤逮住把柄。

王熙凤的紧张感无处不在。贾琏陪黛玉去苏州送灵那会儿，派小厮昭儿返京回话，王熙凤千叮咛万嘱咐的最后一句是："别勾引他认得混账老婆，果然有这些事，回来打折你的腿。"

这也算是严防死守了，但是有什么用呢？王熙凤和贾琏的女儿巧姐出天花，王熙凤又是供痘疹娘娘，又是忌煎炒，还拿大红尺头给奶子丫头等亲近之人裁衣，贾琏也要搬到外书房斋戒，可是贾琏一到外面就开始乱搞了。

先是将清俊的小厮选来出火——这是贾琏最大的黑点，虽然宝玉也有同性恋之嫌，但贾琏这里连"恋"也算不上，纯粹的欲，还是跟小厮，啧啧。

很快他又勾搭上一个多姑娘，多姑娘在床上还撩他："你家女儿出花儿，供着娘娘，你也该忌两日，倒为我脏了身子。快离开我这里吧。"贾琏说："你就是娘娘！我哪里管什么娘娘！"

贾琏是如此放荡的一个人，但在舆论场上他却更占优势。那一回，王熙凤过生日，贾琏趁机叫来鲍二家的在房间里偷欢，被王熙凤捉奸在床。

王熙凤闹到贾母那里。贾母笑道："小孩子们年轻，馋嘴猫儿似的，哪里保得住不这么着，从小儿世人都打这么过的。都是我的不是，叫你多吃了两口酒，又吃起醋来。"说的众人都笑了。

在贾母眼里，这是再正常不过的一件事，贾琏赔了不是之后，贾母对王熙凤说："凤丫头，不许恼了，再恼我就恼了。"意思是你见好就收吧，这事可以过去了。

王熙凤愿不愿意让这件事过去另说，但在荣国府，这件事不是贾琏的黑料，倒成了王熙凤的黑料。小厮在尤二姐面前埋汰她，说只要贾琏多看谁一眼，她有本事当着贾琏的面把对方打成个烂羊头。她姑姑王夫人也"因她名声不雅，深为忧虑"，直到她把尤二姐接进府，才略略放心。

在男权主导的社会里，女性对男性的风流放荡无能为力，纵然王熙凤"身段苗条体格风骚"，对贾琏的吸引依旧有限。她做媳妇做得也算仁至义尽，家里料理得妥帖周全不说了，还把贾母哄得笑口常开，对小姑子们也是关心备至，如担心林妹妹吃饭灌冷风对胃不好，在大观园设了个小食堂……

除了没有尽全力帮贾琏他爹娶小老婆之外，王熙凤把能做的都做了，贾琏该怎样还是怎样，还是会在背后说她坏话。

王熙凤不得不存着深刻的不安全感，而解决这种不安全感的唯一方式，就只剩下控制权力。

当然，王熙凤原本也不是个省油的灯，她是打小顽笑着就杀伐决断的，但是从她跟贾琏撒娇这点看，她不是不明白，男人通常不喜欢强势的女人，她最初还要装出和贾琏商量的样子，但越往后来，她越顾不上了。

贾芸想在大观园谋个差事，跑来求贾琏，贾琏想把管理小和尚道士的活儿给贾芸，王熙凤却一定要给贾芹，贾琏不答应，王熙凤便把头一梗，把筷子一放，腮上似笑非笑地瞅着贾琏说："你当真的，还是玩话？"

这是赤裸裸的威胁了，其实挺可怕。但贾琏没有放在心上，他不是一个权欲旺盛的人，没那么敏感。在凤姐答应将来另外给贾芸弄个差事之后，他让了步，只是说："果然这样也罢了。只是昨儿晚上，我不过是要改个样儿，你就扭手扭脚的。"太不正经了。

在生活方式上很不正经的贾琏，骨子里倒是个老实人，转头就对贾芸说，我原本有个差事想给你，被你婶子截了和。基本就是告诉他自己没啥权力了。

聪明的贾芸立即另起炉灶，走凤姐的路子，虽然他不这么干接下来那个活儿也是他的，但这么几次三番下来，上上下下的人都知道在这个家里，到底谁说了算。

贾琏在家中一点点被架空，他的心腹小厮兴儿跟尤二姐说："奶奶的心腹我们不敢惹，爷的心腹奶奶的就敢惹。"后来王熙凤想把尤二姐赚入荣国府，干脆叫这个兴儿给她带路。

王熙凤的首席心腹小厮叫旺儿，旺儿的儿子看中了王夫人屋里的丫鬟彩霞，彩霞不愿意。贾琏开始不知其详，愿意帮旺儿家做媒，后来从林之孝那里听说旺儿的儿子十分不成器，想要改主意，被王熙凤一通敲打，也只能罢了。

王熙凤的世界对于贾琏来说是铁桶一块，针扎不进，平儿跟他也算知心，家中的经济状况却也对他瞒得结结实实，当然这也是贾琏自己作的，平儿说他是油锅里的钱也要捞出来花，他实在是太不靠谱了。

待到尤二姐去世，贾琏连给她买副棺材的钱都没有，找王熙凤要，王熙凤甩出二三十两银子，只比当年打发刘姥姥的钱稍微多点。还是平儿偷了两百两碎银子给他，才捉襟见肘地把尤二姐给埋葬了，棺材钱还是赊借的。

到此时，贾琏才明白，丧失了权力就丧失了一切。他曾对着死去的尤二姐发誓，要找出真相，帮她报仇。但是，害死尤二姐的那个人，难道不是他自己？

是他自己的种种荒唐，让王熙凤失去安全感；他的懒散，他的丧，让王熙凤越来越紧地把权力控制在自己手中；他明明知道王熙凤的霹雳手段，还敢迎娶尤二姐，然后又让尤二姐毫无保护地处于王熙凤的控制范围内。弄到这一步自是必然，他如此怨怼的原因，在于尤二姐的死，明晃晃地宣告了他的失败，他是一个无能的人。

87版电视剧《红楼梦》里，贾琏与王熙凤终有一撕，曹公心中的结局如何，就不得而知了。无论如何，在王熙凤与贾琏的关系中，王熙凤是更值得同情的一方。

因为她更加被动，她无法左右贾琏的行为，"夺权"是唯一的选择。即便如此，她这一生还是过得很糟心，就像曲子里写的："枉费了意悬悬半世心，好一似荡悠悠三更梦"。纵然她是"能齐家"的钗裙，也逃不开性别的限制。

现代女性按说是不必如此了，可是看当下情形却未必，是男权阴魂不散，还是自身亦有局限？

然而贾琏的风评还不错，因为他虽然荒唐无能，三观却是正确的。尤其是两性关系上，他不双标，他对自认为"失足"的尤二姐也说一句"谁人无错"，他的问题主要是软弱而不是凶恶，软弱是缺点，不是缺德。加上87版《红楼梦》里演贾琏的那位演员颜值实在很高，实在让人没法太计较。

弱小者的不安全感，让他们的防御等级特别高，在识别恶意这件事上敏感过度。

与其说她火爆，不如说她弱小，她自我修复能力极差，也没有什么更有价值的事能够将这件事覆盖，更担心若不还击会被人永远欺负下去。她的用力过猛，是诞生于弱里的一种虚假的强。

赵姨娘为什么总是气急败坏？

探春的人生痛点，基本上都与她那个不省事的娘有关。那次，赵姨娘跟小丫鬟芳官等人打了一架，探春忍不住问："你看周姨娘，怎不见人欺她，也不见她寻人去？"

周姨娘是贾政的另外一个小老婆，跟赵姨娘身份相同，最有可比性。她在书中几乎没有什么存在感，有人问，是不是贾政特别喜欢赵姨娘，我现在想，未必，也许是周姨娘不爱给自己加戏，就算作者想写她，也写不出亮点来。

赵姨娘就不同了，成天气急败坏，觉得全世界都在欺负她，因此成了全书第一号丑角，致力于给别人添堵的同时，自找不痛快。

那么她的症结到底在哪里？为什么就那么容易被冒犯？

窃以为，赵姨娘其实很有代表性，她是那种明明很弱小，却自以为强大的人。

强大的人不容易被冒犯，比如探春，她知道自己该干嘛，不会把那些无关紧要的人和事放在眼里。赵姨娘认为自己被小丫鬟们欺负了，探春说："那些小丫头们原是玩意儿，喜欢呢，和她玩玩笑笑；不喜欢，不理她就是了。她不好了，如同猫儿狗儿抓咬了一下子，可恕就恕；不恕时，也只该叫管家媳妇们，说给她去责罚。何苦自不尊重，大吆小喝，也失了体统。"

像探春这种人，只要你别做得太过分，她都不会太计较。一方面，是她忙着呢，另一方面，在她眼中许多人与事都微如草芥，不必为之伤了自己的体面。有个词叫"投鼠忌器"，对于强者来说，那些小伤害就是老鼠，自己的脸面是玉瓶，不能为了打老鼠搭上玉瓶。

弱小而自知者，像周姨娘，也不容易被冒犯。他们知道自己几斤几两，有个差不多就能过得去，说起来好像窝囊了点,但他们起码是自洽的,活得很环保。

最爱跟别人过不去也跟自己过不去的,是赵姨娘这类明明很弱小,但自以为很强大的人。比如说她和芳官她们打的这一架,缘起很简单,蕊官送了芳官一包蔷薇硝,被赵姨娘的儿子贾环看到了,贾环和丫鬟彩云相好,就想跟芳官讨一点要送给彩云搽。芳官因为这包蔷薇硝是蕊官所赠,舍不得给贾环,去找自己的蔷薇硝,没找到,包了一包茉莉粉给贾环。

贾环高高兴兴地拿回去,交给彩云,彩云一看笑了,说她们哄你呢,这不是蔷薇硝,这是茉莉粉。赵姨娘很生气,说,谁让你去要了,怎么怨她们耍你!

芳官是为了耍贾环吗?并不是,不过是珍重蕊官待她的情意而已。但是弱小者的不安全感,让他们的防御等级特别高,在识别恶意这件事上敏感过度。

识别出来,就不能不作为,赵姨娘说:"依我,拿了去照脸摔给她去。趁着这会子,撞尸的撞尸去了,挺床的便挺床,吵一出子,大家别心净,也算是报仇。莫不是两个月之后,还找出这个碴儿来问你不成?"

"撞尸"指的是贾母和王夫人等人,她们为一位老太妃送灵,一时半会不得回来。"挺床"指的是王熙凤,她正卧病在床。赵姨娘算计得非常好,要趁这三不管的时候把仇给

报了。

赵姨娘是不是太猛了?与其说她火爆,不如说她弱小,她自我修复能力极差,也没有什么更有价值的事能够将这件事覆盖,更担心若不还击会被人永远欺负下去。她的用力过猛,是诞生于弱里的一种虚假的强。

就这么着,赵姨娘气势汹汹地去了,然后丢人现眼地回来了。这一场闹剧,把探春气个半死的同时,让赵姨娘的形象更加凸显了。获得阅读快感的同时,我也对自己做了两个告诫。

一是对这种明明很弱小但自以为很强大的人,要敬而远之。他们很敏感,会为了一句调侃,或是某些细微的善意没有得到回应，而久久不能平静，然后化身为人肉炸弹，要跟你来个玉石俱损，可能你被狂轰乱炸一顿之后，都不知道发生了什么。

二是警惕自己那些明明是弱小但以为是强大的时刻。比如说争论时一定要说最后一句话。好像是为了一定要打败对手，一定要赢，但输赢岂是由谁说最后一句话定的？你所以非要抓住这些并不重要的细枝末节，是因为你心里不确定，才把嗓门放大。

这并不是说，我们就把自己定位成探春或是周姨娘，而是，要容忍自己的弱，也知道自己的强，跟自己和平共处，别像赵姨娘这样，把弱当成强，觉得全世界都跟自己过不去，要跟全世界下战书。

变成一个疯子之后,再去扮演一个正常人,活着就会容易得多。他可以对自己说,这一切都是正常的,所有人都是这么活着的。

贾珍没有得到很多很多的爱,但他有很多很多的权力,他就只能从这权力里找乐。于是他将这权力推向极致,成了家庭里的王,他的家人,就是他的臣民。

被权力吞噬的大户人家,选择疯还是做"正常人"?

有次碰到韩松落老师,他提出一个说法:这世上有很多伪装成正常人的疯子,又有很多正常人假装疯子。

后一种很有趣,正常人假装是疯子。大概是为了造型,为了让自己看上去更有感染力,从而获得各种各样的好处。前一种就不免有点悲催,多是受到过某种刺激。他们已经疯了,却要假装成正常人才能活下去,比如《红楼梦》里的贾珍父子。

贾珍父子初出场时,看上去父慈子孝,礼数周全。他们接待那位给秦可卿看病的张太医时,先是将对方请入大厅坐下,敬茶。茶毕,贾珍方开言道:"昨承冯大爷示知老先生人品学问,又兼深通医学,小弟不胜欣仰之至。"张先生少不得要谦虚两句,贾珍道:"先生何必过谦。就请先生进去看看儿妇,仰仗高明,以释下怀。"

你看,贾珍讲话四个字四个字地往外蹦,透着雅致。

那么贾蓉呢?正如贾母所言,大户人家的孩子,绝不会替他爸丢脸。太医跟贾蓉来到秦可卿的卧室,问他,这就是尊夫人了?贾蓉道:"正是。请先生坐下。让我把贱内的病症说一说再看脉,如何?"太医说,不用说,我先把个脉,你听我说说,是不是这毛病。贾蓉便赞道:"先生实在高明,如今恨相见之晚。就请先生看一看脉息,可治不可治,以便使家父母放心。"

贾蓉措辞文雅不说,他爸妈对他老婆这么挂心,显见这女病人嫁到了一个好人家。

接下来太医把了脉,说了病症,贾蓉再次称赞太医高明,又问太医这病情吉凶。太医不肯说得具体,贾蓉也就懂了,不再细打听,客客气气地将太医礼送出府。总体上,他表现得谦虚、客气,有分寸,对秦可卿很关心,又很节制。

然而作为全知视角的读者,我们知道贾珍和秦可卿有不

正当的性关系，贾珍却对这事儿没啥心理障碍。父子亲情于他很陌生，只要外人不知道就行。

贾蓉估计十有八九也是知道的。那一点关心，就是他能够演出来的全部了。以知情演不知情，还能演得这般丝丝入扣，人戏合一，让人不由毛骨悚然。但他又能怎样？第一，他必须顺从他爹，毕竟连贾母都觉得，当时当爹的对儿子的权力太大了；第二，表面上，大家还都过得去，没有人会关心你怎么想，只看你怎么做。

第二十九回，贾母带了一大家子人，浩浩荡荡地去打醮，贾珍忙前忙后，忽然发现贾蓉背着自己乘凉去了，当即很生气，后果很严重，对众人说："你瞧瞧他！我这里也没热，他倒乘凉去了。"喝命家人啐贾蓉。

所谓啐，就是朝贾蓉脸上吐吐沫，家人听命，也只得朝贾蓉脸上吐了一口。就这么点事儿，让贾蓉在大庭广众之中被奴才这样朝脸上吐吐沫，这羞辱未免来得太凶猛，这是对贾蓉"僭越"的惩罚，也是贾珍权力的一种张扬。

贾母的陪房赖嬷嬷倒是替贾蓉讲过一句公道话。她对宝玉说："东府里你珍哥儿的爷爷，那才是火上浇油的性子，说声恼了，什么儿子，竟是审贼。如今我眼里看着，耳朵里听着，那珍大爷管儿子倒也像当日老祖宗的规矩，只是管的到三不着两的"。

贾母对赖嬷嬷这个话，没做任何反应。人家管儿子，外人不好表态，否则也算是干涉别家内政了。

面对贾珍这样一个君主，贾蓉孤立无援，如果他想活下去，就不能让自己崩溃，他选择静静地疯掉。变成一个疯子之后，再去扮演一个正常人，活着就会容易得多。他可以对自己说，这一切都是正常的，所有人都是这么活着的。

"从古至今，连汉朝和唐朝，人还说'脏唐臭汉'，何况咱们这宗人家。谁家没风流事,别讨我说出来。连那边大老爷这么利害,琏叔还和那小姨娘不干净呢。凤姑娘那样刚强,瑞叔还想她的。哪哪一件瞒了我。"后来贾蓉这样对尤家姐妹说。

不用着急批判贾蓉三观不正,这只是他的一种自我保护。既然人人都这样,他就不是最倒霉的那个,算不得受害者,不必想不通、想不开。他应该心平气和地,在这种环境里,给自己捞点好处。

于是就有了这样一个双面贾蓉。在外人面前,他彬彬有礼、尽职尽责,对他爹逆来顺受;私下里,他能占点便宜就占点便宜,他爹似乎也不怎么计较。贾敬去世之后,贾蓉听说尤氏将娘家两个妹子弄到家中帮忙办丧事,"便和贾珍一笑",这一笑着实令人毛骨悚然。

这意味着,这对父子,对于彼此和尤家姐妹的关系心知肚明,但他们丝毫不介意,甚至还有种同一战壕里的默契。在这种见不得光的地方,贾蓉是可以对他爹一笑的,他爹不但没觉得受到冒犯,还回以几声"妥当",显见得跟儿子不见外。

那么,这一对父子,是怎么疯掉的呢?窃以为,和贾珍的父亲、贾蓉的爷爷贾敬有关。

贾敬上面原有一个哥哥，八九岁上就死了，他几乎是无可躲避地要继承他爹的爵位，可他偏偏跑去考了个进士，这里面颇多可以探究之处。

无论如何，作为贾家活着的男人里学位最高的一位，他占领了主流社会的一切制高点，但他后来的活法却相当非主流，抛家舍业，跑到京郊道观炼丹去了。在当时，这个行为估计跟现在的高考状元出家或是流浪差不多。

从一个上进青年到丢下家业去修道炼丹，这中间贾敬经历了什么？我们不妨回头看赖嬷嬷跟宝玉说的那段话，其实有两层意思，一是贾珍他爷爷，也就是贾敬他爹，对儿子非常严厉；二是他虽然严厉，但还算靠谱，不像贾珍那样"到三不着两"。总结一下就是，贾敬他爹，是个虎爸。

不能说贾敬哥哥早夭是被他爹虐死的，但是，贾敬明明可以靠出身获得功名，他却偏要去考个进士，是否想走一条个人奋斗的路，与家庭切割开？贾敬后来变得那样非主流，是否也是对强权老爸的一种嘲笑与反弹？

读《红楼梦》常常觉得，在这一个个大户人家里，权力关系在家庭关系里的比重太大了。权力幽灵般四处游荡，身处其中者，却觉得顺理成章。贾母曾对甄家派来的老婆子说：

> 你我这样人家的孩子们，凭他们有什么刁钻古

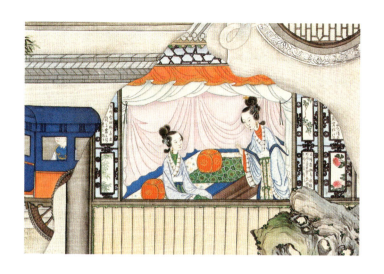

怪的毛病儿，见了外人，必是要还出正经礼数来的。若他不还正经礼数，也断不容他刁钻去了。就是大人溺爱的，是他一则生的得人意儿；二则见人礼数，竟比大人行出来的不错，使人见了可爱可怜，背地里所以才纵他一点子。若一味他只管没里没外，不与大人争光，凭他生的怎样，也是该打死的。

这段话令人细思极恐。慈祥的老祖宗，居然也觉得她最疼爱的孙子贾宝玉是可以打死的；应该打死的原因，无关对错，是他不能做到内外有别，把应该藏在家里的嘴脸让外人看到了。

贾母尚且如此想，其他的家长，更觉得自己对孩子有着天经地义的权力。那一回贾赦打鸳鸯的主意，害得贾琏被贾母骂了一顿，贾琏跟邢夫人抱怨，邢夫人说："我把你个没孝心雷打的下流种子！人家还替老子死呢，白说几句，你就抱怨了。你还不好好的呢，这几日生气，仔细他捶你。"

看看，明明是贾赦丢人现眼，贾琏反倒要小心挨他爹的打。难怪像宝玉这样确定无疑地"犯了错"的孩子，贾政震怒得要打死他，王夫人阻拦贾政的说辞是，如果贾珠还活着，你打死他也就算了，但是现在我就这一个孩子，还请老爷手下留情。

在这种环境中，孩子一出生就会懂得"权力"二字。只是在荣国府，权力好歹还有亲情调和着，权力上还有那么一层温情脉脉的面纱，在宁国府，这层面纱被撕得很彻底。

父子之间，动辄如同审贼，审判者能够决定被审判者的命运走向。天资过人如贾敬，很自然地就看透了这一切，在他不能够做主时，他去考进士，在他可以做主时，他就去了道观。人间不值得，他将偌大的一个家，丢给了他儿子贾珍。

贾敬头也不回地跑了，父亲这个存在，对贾珍来说几乎是空白。贾珍没有得到很多很多的爱，但他有很多很多的权力，他就只能从这权力里找乐。于是他将这权力推向极致，成了家庭里的王，他的家人，就是他的臣民。

每个臣民也都必须做出选择,或者像贾蓉这样静静地疯掉,或者像秦可卿这样死掉。秦可卿开始也试图疯掉,她曾经竭尽全力去扮演一个正常的贵妇,还记得她曾经跟王熙凤的一次交心吗?

面对闺蜜,秦可卿说:"这都是我没福。这样人家,公公婆婆当自己的女孩儿似的待。婶娘的侄儿虽说年轻,却也是他敬我,我敬他,从来没有红过脸儿……公婆跟前未得孝顺一天,就是婶娘这样疼我,我就有十分孝顺的心,如今也不能够了。"

这语气不可谓不诚恳,王熙凤听了难过,宝玉听了落下泪来。但她的话越是诚恳,就越令人毛骨悚然。她的死亡,也许只是因为她不能够做个彻底的疯子。

秦可卿判曲中一句"箕裘颓堕皆从敬",被人引申出许多意味。其实从字面上看,贾敬的撒手不管,导致贾珍的恣意妄行及日后惹来祸端,也是说得通的。但从贾蓉到贾敬、贾珍,其实都是被幽灵一般游荡于家庭里的"权力"二字吞噬的。

宝玉爱那些女孩儿，是爱她们的天真与纯粹，那些女孩儿跟那些世故功利的男人是在两个体系。

他依然眷恋那一切，不可能彻底割舍，即便人生再来一回，他还是要那样刻骨铭心地爱过、活过、狂放过，依然会对他的林妹妹说："你放心。"

宝玉听了父兄师友的话，就能够与这些女子比肩了吗？

宝玉是史上最著名的女性崇拜者，他有名言："女儿是水做的骨肉，男人是泥做的骨肉，我见了女儿，我便清爽，见了男子，便觉浊臭逼人。"

《红楼梦》可谓是一部自传体小说，作者对女性的爱从作品到他的人生，是一以贯之的，在《红楼梦》开卷第一回，作者便说："今风尘碌碌，一事无成，忽念及当日所有之女子，一一细考较去，觉其行止见识皆出于我之上。何我堂堂须眉，诚不若彼裙钗哉？实愧则有馀，悔又无益之大无可如

何之日也!"

在男尊女卑的年代,这样的言辞可以说让人极度舒适了。但是这两段话是一个意思吗?我曾经以为是,后来发现并不是。

因为,接下来作者又说:"当此,则自欲将已往所赖天恩祖德,锦衣纨袴之时,饫甘餍肥之日,背父兄教育之恩,负师友规训之德,以至今日一技无成,半生潦倒之罪,编述一集。以告天下:我之罪固不免,然闺阁中本自历历有人,万不可因我之不肖,自护己短,一并使其泯灭也。"

这里面有两层意思:第一,由于当初没有听父兄师友的话，他自己混得很不行；第二，闺阁中历历有人，不能因为他自己不行，就不去彰显那些行止见识皆在他之上的女子。那么，是不是，如果他听了父兄师友的话，就能够与这些女子比肩了呢？

事实上，宝玉爱那些女孩儿，是爱她们的天真与纯粹，那些女孩儿跟那些世故功利的男人是在两个体系。有一回宝玉被贾政暴打，黛玉怕他吃亏，哽咽着对他说："你从此可都改了吧"，宝玉还安慰她说："你放心，就便为这些人死了，也是情愿的。"

很明显，宝玉知道黛玉怕他真的就改了，成为他父亲希望的那种非礼勿视、非礼勿听的人，那就跟黛玉成了两路人。那么，这里为什么又说他是由于不听父兄师友的话，才导致不如这些女子的呢？

我无法不怀疑，这些"行止见识皆在我之上"的女孩子里，有黛玉，但主要并不是黛玉，而是宝钗、湘云甚至探春她们。

宝钗、湘云都曾劝宝玉好好读书做人，探春虽然不曾说过这样的"混账话"，但见识与行动力都不同寻常女子。总之都是更具有现实感的人，正可以与一技无成、半生潦倒的作者相对比，如此，作者懊悔当初没有听父兄师友之劝，就来得顺理成章。

稍安勿躁，我并不是说，经历一番世事之后，作者洗心革面，重回修齐治平的老路，但也绝不同意这段话是反话、气话，是讥诮之语。

虽然我们无法确知作者本人彼时的具体情况，甚至都无法确知他到底是谁，好在，这是一部自传体小说，宝玉的处境，大体也就是作者的处境。不要去看后四十回，什么兰桂齐芳，宝玉中举，那都是高鹗的意淫，第一回里，作者已经讲明，自己蓬牖茅椽，绳床瓦灶。所以家境败落是一定的，他自顾不暇，无法救助他所爱的那些人，也是一定的。这个时候，他很难想得通达。

他会有痛、有悔，有幸存者的内疚。当初自以为高蹈的"自由而无用"，这一刻看起来却是多么可耻，更何况，还有个发达了的小侄子贾兰比照着。

贾兰是宝玉的小侄子，是他已经去世的大哥贾珠的儿子，在寡母李纨的照顾下长大。这个孩子在荣国府的处境很边缘。贾兰选择积极投身应试教育，希望靠读书改变命运，

书中有个细节可看出两人的区别，说有天宝玉在园子里逛，"只见那边山坡上两只小鹿儿箭也似的跑来。宝玉不解何意，正自纳闷，贾兰在后面，拿着一张小弓儿赶来。一见宝玉在前，便站住了，笑道：'二叔叔在家里呢，我只当出门去了呢。'宝玉道：'你又淘气了。好好儿的，射他做什

么?'贾兰笑道:'这会子不念书,闲着做什么?所以演习演习骑射。'宝玉道:'磕了牙,那时候儿才不演呢。'"

宝玉喜欢小动物,喜欢跟天上的鸟、水里的鱼说话,对于他来说,万物皆有灵,他见不得贾兰追小鹿。而贾兰只觉得小鹿是他演习骑射的对象,两人的差别很分明了,后来贾兰通过科举考试改变命运,也是求仁得仁。

暗示李纨命运的那幅画,是茂兰旁坐着个凤冠霞帔的美人,这个荣耀自然是贾兰带给母亲的。李纨的曲子里则有这样的句子:"气昂昂头戴簪缨,光灿灿胸悬金印,威赫赫爵禄高登,昏惨惨黄泉路近!问古来将相可还存?也只是虚名儿后人钦敬。"

这段曲子说明两点,一是后来贾兰逆袭了,二是李纨或者贾兰的寿命不算长。

曲子里还有这样的词:"只这戴珠冠披凤袄也抵不了无常性命。"但问题是不戴珠冠、不披凤袄也一样抵不了无常性命,假如死亡必然要发生,作为一个贵妇人死去,得到的临终关怀总比穷人多一点。至于说"问古今将相可还存,也只是虚名后人钦敬",古今的普通人一样不存,只是他们连给后人钦敬的虚名也没有。

李纨的判词里还有"枉与他人作笑谈",事实上,你不

管过得好不好，都会有人笑，不是有人说，人生就是笑笑别人再给别人笑笑吗？宝玉，或者作者，被人笑得还少吗？突然把"笑谈"与否作为一个评判人生的标准，不得不说，作者有点酸了。

也许是李纨发达之后做人不够好，但无论如何，作者心里应该明白，贾兰和宝玉后来的人生出现那么大的分野，是因为一个选择了素质教育，一个选择了应试教育。

"自由而无用"的精神，是需要大量物质供养的。宝玉在依靠祖荫，"锦衣纨袴之时，饫甘餍肥之日"时，宝钗的劝告、贾兰的进取，对他而言似乎都显得很俗气、不高级。衣食无忧的宝玉可以对之发出两声冷笑，一旦大厦倾颓，回想往日，很难不悔不当初。就像被生活狠狠捶过的你我，想起生命里那些被我们蔑视过的事，会不会有扇自己一耳光的冲动？

湘云、探春、王熙凤也都是能干之人，"钗裙一二可齐家"，到此时，"齐家"并不那么可耻，不是吗？甚至连黛玉，都比他更多一点现实精神，闲下来会帮他家算算账，赞成探春的改革，果然是应和了"当日所有之女子，一一细考较去，觉其行止见识皆出于我之上"，那么，他是到了最后才发现，修齐治平是正途吗？

非也，既然无常才是世间真理，我们对这世界的理解，也处于不断的变化中。

《红楼梦》的前十六回，有想写成劝诫之书的意思，随随便便就死了三个人，秦可卿、秦钟和贾瑞。秦可卿死前建议凤姐建私塾、买坟地，把贾家从豪门模式转型为中产模式；秦钟在死前对宝玉说："以前你我见识自为高过世人，我今日才知自误了。以后还该立志扬名，以荣耀显达为是。"也是劝宝玉多有点现实感；贾瑞则是作为反面教材向世人发出警告，美人是幻觉，骷髅才是真相。这些都与第一回中的作者自云遥相呼应。

这是一个惊魂未定者的本能想法，也是一个刚刚上路的写作者，在并不清楚要表达什么的时候的自然选择，他以为他要写一部忏悔之书，要向那些卓越的女孩们致意，但他发端于愧与悔的笔触，一点点深入到过往中，他更为复杂的感觉被带了出来。

到了第十九回，他开始书写有了大观园的荣国府，笔触忽然与此前不同，黛玉、袭人、晴雯正式成了他的主人公。悔也罢，愧也罢，且退后。他只要享受重现的往日里，这历历如真的细腻温柔。

这才是"之后的之后"，是他对于过往更真实也更深刻的看法。他依然眷恋那一切，不可能彻底割舍，即便人生再来一回，他还是要那样刻骨铭心地爱过、活过、狂放过，依然会对他的林妹妹说:"你放心。"

为什么听过许多道理,还是过不好这一生?因为这看上去不怎么"好"的一生里有着更加丰富、生动和迷人的内容。宝玉无法与这些女子比肩,然这些女子身上的"她力量"却无处不在影响着他。"空对着,山中高士晶莹雪,终不忘,世外仙姝寂寞林",宝玉对于"行止见识皆在我之上"的钦佩,终究让位于生死同心的爱恋。

我并不是说,黛玉最后赢了宝钗,这种说法,还是将女性价值维系在男人的情感取舍上。我想说的是,一个人的一生中,总会被不同的力量影响,不管是在宝玉或者作者,还是在我们的一生中,都会遇到这样或那样的"她力量",而这种力量有其特殊的意义。

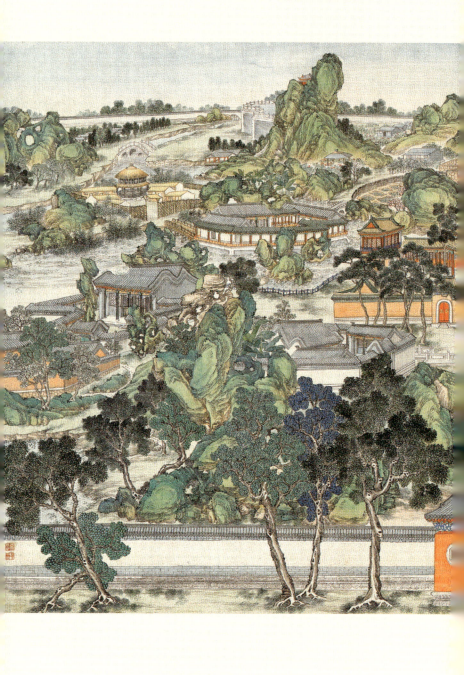

本书插图：[清] 孙温 孙允谟 / 绘